깨끗하고
밝은 곳

A Clean,
Well-Lighted
Place

어니스트 헤밍웨이
김욱동 옮김

깨끗하고 밝은 곳

A Clean, Well-Lighted Place

어니스트 헤밍웨이

글을 쓴다는 건 언제나 고독한 일

저에게는 연설하는 재능도, 웅변술이나 수사학(修辭學)을 구사하는 능력도 없지만 노벨상 운영 위원들의 호의에 감사 드리고 싶습니다.

노벨상을 받지 못한 위대한 작가들을 잘 아는 작가라면 그 어느 누구도 겸손한 마음으로 이 상을 수상하지 않을 수 없을 것입니다. 그들이 어떤 작가들인지 굳이 밝힐 필요는 없겠습니다. 이 자리에 계신 모든 분들은 자신들의 지식과 양심에 따라 이미 자신만의 명단을 작성해 놓고 있을지 모릅니다.

저는 한 작가가 자기 가슴에 품고 있는 모든 것을 밝힌 연설문을 제 조국의 대사(大使)에게 대신 읽어 달라고 부탁할 수는 없으리라 생각합니다. 한 인간이 쓰는 글에 담긴 모든 것들은 당장에 알아볼 수 없을지 모릅니다. 그리고 이 점에서 때로 그는 운이 좋을 수도 있습니다. 그러나 궁극적으로 그것들은 아주 명료하게 밝혀집니다. 이 점 때문에, 또 작가가 소유한 연금술의 정도에 따라 그는 오래 기억되거나 잊히게 될 것입니다.

글을 쓴다는 것은 최상의 경우일지라도 고독한 삶입니다. 작가들을 위한 조직체는 작가의 고독을 덜어 줍니다만, 그것이 작가의 창작을 진작시켜 줄지는 의문입니다. 작가는 자신의 고독을 벗어 버림으로써 대중의 인기가 높아지기도 하지만, 그러다가 종종 작품의 질이 떨어지기도 합니다. 작가는 혼자서 작업할 수밖에 없으며, 만약 그가 훌륭한 작가라면 그는 날마다 영원성 또는 영원성의 부재를 직면해야 합니다.

진정한 작가에게 작품 한 편 한 편은 성취감 너머에 있는 그 무엇을 이루기 위해 다시 시도하는 새로운 시작이어야 합니다. 그는 언제나 자신이 이루지 못한 그 어떤 것, 또는 다른 작가들이 시도했다가 실패한 그 무엇인가를 성취하도록 시도해야 합니다. 그리고 나서 만약 큰 행운이 따른다면 성공을 거두게 될 것입니다.

문학 작품을 쓰는 것이 이미 훌륭하게 쓴 다른 작품을 다른 방식으로 다시 쓰는 것에 지나지 않는다면 창작이란 얼마나 간단할까요. 한 작가가 그가 갈 수 있는 먼 곳을 넘어, 그 누구도 그를 도와줄 수 없는 그 먼 곳까지 자신을 몰아가는 것은 바로 우리에게 과거에 그런 위대한 작가들이 있었기 때문입니다.

작가치고는 너무 길게 말한 것 같습니다. 작가는 꼭 해야할 말을 입으로 말하지 말고 글로 써야 합니다. 다시 한 번 감사드립니다.

차례

깨끗하고 밝은 곳

늦은 밤 카페 손님도 모두 돌아갔는데 노인 한 사람이 전등 불빛에 나뭇잎이 만들어 내는 그림자 아래 앉아 있었다. 낮에는 먼지가 많이 이는 거리지만 밤에는 이슬이 내려서 그 먼지를 가라앉혀 주었기 때문에 노인은 밤늦도록 앉아 있기를 좋아했다. 노인은 귀가 들리지 않았지만 사방이 고요한 밤이면 미세하게나마 차이를 느낄 수 있었다. 카페 안쪽에 있는 두 웨이터는 노인이 조금 취했다는 것을 잘 알았다. 노인은 좋은 손님이었지만 많이 취하면 돈을 내지 않고 가는 버릇이 있어서 그들은 노인을 경계했다.

"저 영감 말이지, 지난주에 자살하려 했대." 한 웨이터가 말했다.

"뭣 때문에요?"

"절망감 때문이지."

"뭣 때문에 절망했는데요?"

"아무것도 아닌 일이었다는군."

"아무것도 아닌 일인지는 어떻게 알아요?"

"돈이 꽤 많거든."

두 사람은 카페 입구에서 가까운 벽 옆 테이블에 앉아 테라스를 바라보고 있었다. 바람에 조금 흔들리는 나뭇잎 그림자 아래 노인 한 사람이 앉아 있는 자리를 제외하고 테라스의 테이블은 모두 텅 비어 있었다. 젊은 아가씨와 군인이 거리를 지나갔다. 군인의 놋쇠 계급장이 가로등에 반짝거렸다. 젊은 아가씨는 머리에 아무것도 쓰지 않고 군인 옆에서 바삐 걸음을 옮겼다.

"순찰병한테 잡힐 것 같은데." 한 웨이터가 말했다.

"얻고 싶은 걸 얻었으니 무슨 상관이겠어요?"

"지금 옆 골목으로 새면 좋을 텐데. 순찰병한테 들키고 말 거야. 순찰병들이 오 분 전에 막 지나갔잖아."

그림자 속에 앉아 있던 노인이 글라스로 받침 접시를 톡톡 두드렸다. 좀 더 젊은 웨이터가 그에게 다가갔다.

"뭘 갖다 드릴까요?"

노인은 웨이터를 쳐다보았다. "브랜디 한 잔 더."

"취하실 텐데요." 웨이터가 말했다. 그러자 노인은 그를 쳐다보았다. 웨이터는 물러났다.

"저 영감, 밤새도록 앉아 있을 모양인데요." 웨이터가 동료 웨이터에게 말했다. "난 이제 졸린데. 3시 전에는 잠을 자 본 일이 없는 신세니, 원. 저놈의 영감, 지난주에 콱 죽어 버렸어야 되는데."

웨이터는 카페 안쪽의 카운터에서 브랜디 병과 받침 접시를 하나 집어 들고 노인의 테이블로 성큼성큼 걸어갔다. 그는 받침 접시를 내려놓고 글라스에 브랜디를 가득 따랐다.

"영감님은 지난주에 죽는 게 나을 뻔했어요." 그가 귀머

거리 노인에게 말했다. 노인은 손가락으로 신호했다. "조금만 더 따라." 웨이터가 글라스에 더 따르자 브랜디가 넘쳐 글라스 밑에 놓인 받침 접시로 흘러내렸다. "고맙네." 노인이 말했다. 웨이터는 병을 들고 카페 안으로 돌아왔다. 그는 다시 동료 웨이터와 테이블에 앉았다.

"저 영감 이제 많이 취했는걸요." 그가 말했다.

"밤마다 많이 취하지."

"도대체 뭣 때문에 자살하려 했을까요?"

"난들 어떻게 알겠어?"

"어떻게 죽으려 했대요?"

"밧줄에 목을 매려고 했대."

"누가 밧줄을 끊고 구해 줬죠?"

"영감의 조카딸이래."

"뭣 때문에 구해 줬을까요?"

"자살하면 영혼이 구원받지 못하기 때문이지.[1]"

"돈은 얼마나 있는데요?"

"아주 많대."

"나이가 여든 살은 됐을 거예요."

"여든은 틀림없이 됐을 거야."

"그만 돌아가 줬으면 좋겠네요. 난 3시 전에 잠을 자 본 적이 없어요. 잠자는 시간이 왜 이래야 돼요?"

"영감은 좋아서 저렇게 버티는 거야."

---

1   "나는 그리스도와 함께 십자가에 못 박혔습니다. 이제 사는 것은 내가 아닙니다. 그리스도께서 내 안에 사시는 것입니다. 내가 지금 육신 안에 사는 것은 나를 사랑하셔서 나를 위해 자신의 몸을 내주신 하나님의 아들을 믿는 믿음 안에서 사는 것입니다."(『갈라디아서』 2장 20절)

"영감은 홀몸이죠. 하지만 난 그렇지가 않잖아요. 마누라가 잠자리에서 기다리고 있는데."

"저 영감한테도 한때는 마누라가 있었어."

"이제는 있어 봐야 쓸모도 없겠죠."

"글쎄, 어떨지 누가 알아. 그래도 아내가 있는 게 좋을지도 모르지. 아내가 있다면 말이야."

"조카딸이 돌보고 있잖아요."

"그건 나도 알아. 조카딸이 밧줄을 끊어 줬다고 했잖아."

"저런 늙은이가 되고 싶지 않아요. 늙은이는 추잡해 보여."

"꼭 그렇다고 할 수만은 없어. 저 노인은 깨끗해. 마실 때도 흘리지 않고. 지금같이 몹시 취해도 말이지. 저 봐, 저걸 좀 보라고."

"이젠 쳐다보기도 싫어요. 아, 제발 안 가려나? 우리같이 일을 해야 하는 사람한텐 정말 인정머리라곤 털끝만큼도 없는 사람이네요."

노인은 글라스에서 얼굴을 들고 광장 쪽을 보고 나서 웨이터들 쪽을 쳐다보았다.

"브랜디 한 잔 더 줘." 노인이 글라스를 가리키며 말했다. 조급해하던 웨이터가 다가갔다.

"이제 영업 끝났어요." 그는 멍청한 사람들이 술에 취한 사람이나 외국인에게 말할 때 그러듯이 구문을 생략해 말했다. "오늘 밤은 끝이에요. 이제 문 닫아야 해요."

"한 잔만 더 줘." 노인이 말했다.

"안 돼요. 영업 끝났다고요." 웨이터는 행주로 테이블 모서리를 훔치면서 고개를 저어 보였다.

그러자 노인은 자리에서 일어나 천천히 받침 접시의 수를 세고는 주머니에서 가죽 지갑을 꺼내더니 술값을 치르고 반 페세타[2]를 팁으로 남겨 놓았다. 웨이터는 거리를 걸어가는 노인을 지켜보았다. 노쇠한 탓에 비틀거렸지만 어딘지 품위가 있어 보였다.

"좀 더 마시게 두지 그랬어." 조급하지 않은 웨이터가 물었다. 두 사람은 덧문을 닫고 있었다. "아직 2시 30분도 안 됐는데."

"난 자러 가고 싶어요."

"한 시간 정도야 뭐 그리 대순가?"

"저 영감보다 젊은 나한테는 소중한 시간이죠."

"한 시간이긴 마찬가지야."

"영감 같은 말을 하는군요. 그 영감은 술을 사다가 집에서 마시면 되잖아요."

"그것하고는 다르지."

"그렇죠, 다르죠." 아내가 있는 웨이터가 맞장구쳤다. 그도 말도 안 되는 억지를 피울 생각은 없었다. 다만 서둘러 집에 가고 싶을 뿐이었다.

"그럼 자네는 어때? 평소보다 일찍 집에 돌아가는 게 두렵지 않은가?"

"저를 모욕하는 겁니까?"

"아냐, 옴브레![3] 그냥 농담한 거야."

"두려울 게 뭐겠어요." 조급한 웨이터가 덧문을 내리고 일어나면서 말했다. "자신 있어요. 자신만만하다고요."

---

2 스페인의 과거 화폐 단위.
3 "이 사람아!"라는 뜻의 스페인어. 이어지는 외국어는 모두 스페인어다.

"젊고, 자신감 있고, 일자리도 있다 이건가." 나이 많은 웨이터가 말했다. "만사에 부족한 게 없군."

"그럼 아저씨는 뭐가 부족한데요?"

"일자리만 빼고는 모든 게 부족하지."

"저처럼 모든 게 있잖아요."

"아냐, 자신감이라는 건 가져 본 적도 없고, 또 이젠 예전처럼 젊지도 않아."

"자, 이제 쓸데없는 얘기는 그만하고 자물쇠나 채우세요."

"나는 늦게까지 카페에 남고 싶어." 나이 많은 웨이터가 말했다. "잠들고 싶어 하지 않는 모든 사람들과 함께. 밤에 불빛이 필요한 모든 사람들과 함께 말이야."

"난 집에 가서 자고 싶어요."

"우리는 다른 종류의 인간이군." 나이 많은 웨이터가 말했다. 그는 이제 옷을 갈아입고 집으로 돌아갈 준비를 하고 있었다. "젊음도 자신감도 아주 아름다운 것이긴 하지만 그것들만의 문제는 아니야. 매일 밤 가게를 닫을 때마다 어쩐지 망설이게 돼. 카페가 필요한 누군가가 있을지 모른다고 생각하면 말이지."

"옴브레! 보데가⁴는 얼마든지 있잖아요."

"자네는 이해 못 해. 이곳은 깨끗하고 기분 좋은 카페 아닌가. 불이 환하고, 불빛도 좋은 데다 나무 그늘이 있거든."

"그럼 안녕히 주무세요." 젊은 웨이터가 작별 인사를 했다.

"잘 가게." 다른 웨이터가 말했다. 전등을 끄면서 나이 많

---

4 밤새 술을 파는 술집.

은 웨이터는 자신과 대화를 계속했다. 물론 불빛도 중요하지만 깨끗하고 아늑해야 해. 너한테는 음악은 필요 없어. 그래, 정말로 음악은 필요 없지. 또 이런 시간에 열려 있는 곳은 바밖에 없지만 너는 바 앞에서 품위를 지키며 서 있을 수 없지. 도대체 그가 두려워하는 게 무엇일까? 그것은 두려움도 공포도 아니야. 그것은 그가 너무나도 잘 알고 있는 허무라는 거지. 그것은 모두 허무였고, 인간도 한낱 허무에 지나지 않거든. 모든 것이 오직 허무뿐, 필요한 것은 밝은 불빛과 어떤 종류의 깨끗함과 질서야. 허무 속에 살면서 전혀 그것을 알아채지 못하는 사람들도 있지만 그는 그것을 잘 알고 있지. 모든 것은 '나다[5]'이면서 '나다'이고 또 '나다'와 '나다'이면서 '나다'일 뿐이지. '나다'에 계신 우리 '나다', '나다'의 이름을 거룩하게 하시며, 아버지의 나라가 '나다'하게 하시며, 아버지의 뜻이 '나다'에서와 같이 '나다'도 이루어지게 하소서. 오늘 우리에게 일용할 '나다'를 주시고, 우리가 우리에게 우리 '나다'를 '나다'하여 주시고, 우리를 '나다'에 '나다'하지 않게 하시고, '나다'에서 구하소서.[6] 무(無)가 가득하신 무(無)님, 기뻐하소서. 무(無)께서 함께 계시니.[7] 그는 미소를 지으며 반들반들 빛이 나는 에스프레소 기계가 있는 바 앞에 이르러 발걸음을 멈췄다.

　"뭘 드시겠습니까?" 바텐더가 물었다.

5　무(無).

6　"하늘에 계신 우리 아버지, 이름을 거룩하게 하옵시며……."로 시작하는 개신교의 주기도문에 '나다(nada)'를 넣어 패러디한 것이다.

7　"은총이 가득하신 마리아님, 기뻐하소서……."로 시작하는 가톨릭교의 성모송에 '무(無)'를 넣어 패러디한 것이다.

"나다를 주게."

"오트로 로코 마스.[8]" 바텐더가 말하고 고개를 돌렸다.

"작은 걸로 한 잔." 웨이터가 말했다.

그러자 바텐더가 그에게 술을 따라 주었다.

"불빛도 꽤 밝고 기분도 좋긴 한데 스탠드를 제대로 닦지 않았군." 웨이터가 말했다.

바텐더는 그를 쳐다보았지만 아무런 대꾸도 하지 않았다. 대화하기에는 너무 늦은 시간이었다.

"한 잔 더 따를까요?" 바텐더가 물었다.

"아냐, 이제 됐네." 웨이터가 이렇게 대답하고는 밖으로 나왔다. 바도 그렇고 술집도 그렇고 도무지 마음에 들지 않았다. 깨끗하고 불빛이 밝은 카페라면 전혀 얘기가 달랐을 것이다. 이제 그는 더 생각하지 않고 집에 가서 방으로 들어갈 것이다. 침대에 누워 마침내 날이 샐 무렵이 되어서야 겨우 잠이 들 것이다. 따지고 보면 어쩌면 이것은 단순한 불면증일지도 몰라, 하고 그는 혼잣말을 했다. 많은 사람이 불면증에 시달리고 있음에 틀림없었다.

8 "미친놈이 또 하나 있군."

살인자들

헨리네 식당의 문이 열리고 사내 둘이 들어왔다. 그들은 카운터 앞에 앉았다.

"뭘 드릴까요?" 조지가 그들에게 물었다.

"글쎄. 이봐, 앨, 자넨 뭘 먹을 텐가?" 그중 한 사람이 말했다.

"모르겠는걸. 먹고 싶은 게 생각이 안 나." 앨이 대답했다.

식당 밖은 점점 어두워졌다. 창밖 가로등에 불이 들어왔다. 카운터에 앉은 두 사내는 메뉴판을 들여다보았다. 카운터 반대쪽 끝에서 닉 애덤스는 그들을 지켜보았다. 조지하고 한창 얘기를 나누고 있을 때 바로 이 두 사람이 들어왔던 것이다.

"사과 소스로 구운 돼지 등심구이와 으깬 감자를 주게." 첫 번째 사내가 주문했다.

"그건 아직 준비가 안 됐는데요."

"그럼 도대체 왜 메뉴에 적어 놓았어?"

"그건 저녁 식사 메뉴거든요. 6시가 되면 드릴 수 있습니다." 조지가 설명했다.

조지는 카운터 뒤쪽에 걸린 괘종시계를 올려다보았다.

"지금은 5시입니다."

"저 시계는 5시 20분이잖아?" 두 번째 사내가 말했다.

"이십 분 빠릅니다."

"아, 제기랄, 저따위 시계는 갖다 버려." 첫 번째 사내가 내뱉었다. "이 집에선 도대체 뭘 먹을 수 있는 거야?"

"샌드위치라면 여러 종류가 있습니다. 햄에그 샌드위치, 베이컨 에그 샌드위치, 간(肝) 베이컨 샌드위치, 아니면 스테이크 샌드위치도 있습니다."

"그럼 완두콩이랑 크림소스를 곁들인 치킨 크로켓하고 으깬 감자를 줘."

"그것도 저녁 식사 메뉴인데요."

"우리가 먹고 싶은 건 하나같이 저녁 메뉴잖아? 무슨 영업을 이따위로 해."

"햄에그 샌드위치, 베이컨 에그 샌드위치, 그리고 간……."

"그럼 햄에그 샌드위치로 줘." 앨이라는 사내가 말했다. 그는 가슴에 단추가 길게 달린 검은색 외투에 중절모를 쓰고 있었다. 얼굴은 작고 창백했으며, 입술은 굳게 다물고 있었다. 실크 머플러를 두르고 장갑을 끼고 있었다.

"난 베이컨 에그로 줘." 다른 사내가 말했다. 그 사람의 몸집은 앨과 거의 같았다. 얼굴 생김새는 달랐지만 쌍둥이처럼 옷을 똑같이 입고 있었다. 두 사람 모두 외투가 몸에 너무 꼭 껴 보였다. 그들은 카운터에 팔꿈치를 괴고 몸을 앞쪽으로 숙이고 앉아 있었다.

"뭐 마실 거 없나?" 앨이 물었다.

"실버 비어, 비보, 그리고 진저에일⁹이 있습니다." 조지가
대답했다.

"이봐, 뭐 한잔할 거 없느냔 말이야?"

"방금 말씀드린 것밖에는 없는데요."

"정말 끝내주는 동네로군. 이 동네 이름이 뭐지?" 다른 사
내가 물었다.

"서밋¹⁰이라고 합니다."

"그런 이름 들어 본 적 있나?" 앨이 동료에게 물었다.

"없어." 그의 동료가 대답했다.

"여기선 밤에 뭣들 하지?" 앨이 물었다.

"저녁이나 먹겠지. 다들 이 식당에 몰려와서 실컷 저녁을
처먹겠지." 그의 동료가 말했다.

"맞습니다." 조지가 대답했다.

"그래, 정말로 그 말이 맞단 말이지?" 앨이 조지한테 물었다.

"그럼요."

"너 꽤 똑똑한 녀석이로구나, 맞지?"

"그럼요, 당연하죠." 조지가 대꾸했다.

"글쎄, 그렇지도 않을걸." 몸집이 작달막한 다른 사내가
말했다. "안 그래, 앨?"

"멍청한 녀석이야." 앨이 대답했다. 그는 닉 쪽으로 몸을
돌렸다. "넌 이름이 뭐야?"

"애덤스요."

---

9   알코올 성분이 없는 음료수. 미국에서는 1920년부터 1933년까지 법으로 술을
     제조하거나 판매하는 것을 금지했다.
10   일리노이 주 시카고 서부 교외에 있는 소도시.

"똘똘한 녀석이 또 한 놈 있군. 이봐, 맥스, 이 자식도 똘똘하지 않은가?" 앨이 물었다.

"똘똘한 녀석이 우글거리는 동네로군." 맥스가 대꾸했다.

조지는 햄에그가 담긴 접시와 베이컨 에그가 담긴 접시 두 개를 카운터 위에 올려놓았다. 감자 프라이가 담긴 작은 접시 둘을 그 옆에 놓고 주방 사이의 칸막이 창을 닫았다.

"손님이 주문하신 게 어느 거죠?" 그가 앨에게 물었다.

"자식, 그것도 기억 못해?"

"햄에그였죠."

"과연 똘똘한 녀석이로군." 맥스가 말했다. 그는 몸을 앞쪽으로 내밀어 햄에그 접시를 들었다. 두 사람은 장갑을 낀 채 먹기 시작했다. 조지는 두 사람이 먹는 모습을 지켜보았다.

"자식, 뭘 그렇게 쳐다봐?" 맥스가 조지를 빤히 쳐다보았다.

"아무것도 안 봤어요."

"거짓말 마! 나를 쳐다봤잖아."

"맥스, 재미로 그랬겠지." 앨이 말했다.

그러자 조지가 웃었다.

"자식, 웃긴 왜 웃어. 넌 웃을 필요가 없단 말이야, 알겠어?" 맥스가 그에게 말했다.

"네, 알았어요." 조지가 대답했다.

"이봐, 알았다는군." 맥스는 앨 쪽으로 얼굴을 돌렸다. "잘 알았다네! 알았다니 기특하군."

"아, 녀석은 사상가야." 앨이 말했다. 두 사람은 계속 샌드위치를 먹었다.

"카운터 저 끝에 있는 녀석은 이름이 뭐라고 했지?" 앨이 맥스에게 물었다.

"이봐, 똘똘이. 넌 카운터 저쪽으로 들어가 친구하고 같이 계시지." 맥스가 닉을 향해 말했다.

"왜요?" 닉이 물었다.

"왜고 뭐고 따질 것 없어."

"시키는 대로 하는 게 좋아, 똘똘이." 앨이 말했다. 닉은 카운터 저쪽으로 돌아서 들어갔다.

"뭘 하려고요?" 조지가 물었다.

"빌어먹을, 그건 네가 알 바 아냐. 주방에 있는 건 누구지?" 앨이 물었다.

"검둥인데요."

"검둥이라니?"

"요리사로 있는 흑인이라고요."

"이리 나오라고 해."

"왜요?"

"어서 나오라고 하라니까."

"아니, 여기가 어딘지 알고 이러시는 거예요?"

"그런 것쯤은 너무나 잘 알아, 빌어먹을. 우리가 그렇게 멍텅구리 같아 보이냐?" 맥스라는 사내가 내뱉었다.

"멍청한 소리는 그만둬." 앨이 그에게 말했다. "뭣 때문에 이따위 애송이들하고 이러쿵저러쿵 따지는 거야?" 앨이 조지에게 말했다. "이봐, 검둥이더러 이리 나오라고 해."

"어떻게 하려고요?"

"어떻게 하겠다는 게 아냐. 머리를 좀 써 봐, 똘똘이. 검둥이한테 무슨 짓을 할까 봐서 그래?"

조지는 뒤쪽 주방으로 통하는 작은 문을 열더니 "샘!" 하고 불렀다. "이리 잠깐 나와 봐."

주방 문이 열리며 검둥이가 나왔다. "무슨 일인데요?" 그가 물었다. 카운터의 두 사내는 그를 힐끗 쳐다보았다.

"좋아, 검둥이. 그대로 거기 서 있어." 앨이 말했다.

흑인 샘은 앞치마 차림으로 서서 카운터에 앉아 있는 두 사내를 쳐다보았다. "예, 손님." 그가 대답했다. 앨이 등받이 없는 의자에서 내려섰다.

"난 검둥이하고 똘똘이를 데리고 주방으로 들어가겠어." 그가 말했다. "검둥이, 주방으로 돌아가. 너도 같이 들어가, 똘똘이." 작달막한 사내는 요리사 샘과 닉을 뒤따라 주방 안으로 들어갔다. 그들이 들어가자 문이 닫혔다. 맥스라는 사내는 조지와 마주 보고 카운터에 앉아 있었다. 그는 조지 쪽은 쳐다보지도 않은 채 카운터 뒤에 붙어 있는 길쭉한 거울을 들여다보고 있었다. 이 헨리 식당은 이전에 술집이었던 것을 식당으로 개조한 집이었다.

"이봐, 똘똘이. 뭐라고 말 좀 해 보지그래?" 맥스가 거울 속을 들여다보면서 말했다.

"왜 이런 소란을 피우는 거죠?"

"여보게, 앨, 우리 똘똘이께서 뭣 때문에 이런 소동을 피우는지 좀 알고 싶다시네." 맥스가 소리쳤다.

"왜 자네가 말해 주지그래?" 앨의 목소리가 주방에서 들려왔다.

"도대체 무슨 일이 벌어지고 있는 것 같으냐?"

"모르겠는데요."

"어떻게 생각하느냐 말이야." 맥스는 말을 하면서도 줄곧 거울을 쳐다보았다.

"말하고 싶지 않아요."

"여보게, 앨, 똘똘이 녀석이 제 생각을 말하고 싶지 않다는군."

"잘 들어." 앨이 주방에서 조지에게 말했다. 그는 주방으로 통하는, 접시를 주고받는 작은 창을 케첩 병으로 받쳐 열어 놓았다. "이봐, 똘똘이." 그는 주방에서 조지에게 말했다. "조금만 더 앞으로 가 붙어 서 있어. 맥스, 자넨 조금 왼쪽으로 가고." 그는 마치 단체 사진을 찍는 사진사처럼 이런저런 지시를 했다.

"어디 뭐라고 내게 말 좀 해 봐, 똘똘이. 그래, 무슨 일이 일어날 것 같으냐?" 맥스가 물었다.

그래도 조지는 아무 말도 하지 않았다.

"스웨덴 녀석 하나를 해치우려는 거야. 그래, 올레 안드레슨이라는 몸집 큰 스웨덴 녀석 알지?"

"예, 알죠."

"매일 저녁 식사하러 이곳에 오지?"

"가끔 오죠."

"놈은 6시에 오지, 응?"

"오는 날이면 그때 옵니다."

"다 알고 왔어." 맥스가 말했다. "우리 다른 얘기나 하자. 영화 구경 가 본 적 있니?"

"가끔 가죠."

"좀 더 자주 가야겠는걸. 너같이 똘똘한 녀석에겐 영화가 큰 도움이 되거든."

"도대체 뭣 때문에 올레 안드레슨을 죽이려는 건가요? 그 사람이 손님에게 무슨 짓을 저질렀는데요?"

"무슨 짓을 저지를 그런 기회조차 없었어. 한 번도 만난 적이 없거든."

"처음이자 마지막으로 우리를 만나게 될 뿐이지." 앨이 주방에서 거들었다.

"그런데 뭣 때문에 죽이려는 거죠?" 조지가 물었다.

"친구를 위해 해치우는 거야. 친구 부탁을 받았을 뿐이라고, 똑똑이 녀석."

"이제 입 다물어, 자넨 말을 너무 많이 하고 있어." 주방에서 앨이 소리쳤다.

"글쎄, 똑똑이 녀석 심심찮게 해야지. 안 그래, 똑똑이?"

"어쨌든 말이 너무 많아. 검둥이하고 이쪽 똑똑이는 저희들끼리 재미있어하고 있다네. 수녀원의 단짝 친구처럼 사이좋게 꽁꽁 묶어 놓았거든." 앨이 말했다.

"자넨 수녀원에 있었던 모양이로군."

"글쎄, 그건 아무도 모르지."

"그렇다면 유대교 수녀원이었겠지. 자네가 있었던 곳이래야 기껏 유대교 수녀원 아니겠어?"

조지는 시계를 쳐다보았다.

"만일 손님이 들어오거든 요리사가 안 나왔다고 해. 그래도 꾸물거리고 안 나가거든 네가 손수 만들어 오겠다고 말하고 안으로 들어가서 만들어 오는 거야. 알겠지, 똑똑이?"

"알았어요. 그런 다음엔 우리를 어떻게 할 작정이죠?" 조지가 물었다.

"그건 그때 가 봐야 알지. 지금으로선 도저히 알 수 없는 일 중의 하나야." 맥스가 대답했다.

조지는 시계를 올려다보았다. 6시 15분이었다. 그때 거리 쪽에서 들어오는 문이 열렸다. 식당에 들어온 것은 시내 전차 운전기사였다.

"잘 지냈어, 조지? 저녁 좀 먹을 수 있겠나?" 그가 말했다.

"샘이 외출했는데요. 한 삼십 분쯤 있어야 돌아올 거예요." 조지가 대답했다.

"그럼 위쪽에 있는 다른 식당에 가 보는 게 좋겠군." 운전기사가 말했다. 조지는 시계를 올려다보았다. 6시 20분이었다.

"잘했어, 똘똘이. 자네야말로 진정한 꼬마 신사로군." 맥스가 말했다.

"우물우물하다간 골통이 날아가 버릴까 봐 그러는 거지." 앨이 부엌에서 말했다.

"아냐, 그래서 그런 건 아냐. 우리 똘똘이는 착해. 착하다고. 마음에 들어."

6시 55분에 조지가 말했다. "오늘은 안 올 모양입니다."

그동안 식당에는 손님이 두 사람 더 왔다 갔다. 한번은 포장을 해 간다고 해서 조지가 주방에 들어가 햄에그 샌드위치를 만들어 주었다. 조지가 주방에 들어가 보니, 앨은 중절모를 뒤로 젖혀 쓰고 총신을 짧게 자른 산탄총 총구를 문턱에 기대 놓고는 창문 옆 의자에 앉아 있었다. 닉과 요리사는 한쪽 구석에 등을 맞대고 묶여 있었는데 둘 다 수건으로 재갈이 물려 있었다. 조지가 샌드위치를 만들어 기름종이에 싸서 봉지에 넣어 가지고 나오자 손님은 값을 치르고 나갔다.

"똘똘이는 무슨 일이건 못하는 게 없네. 무슨 요리든 척척이야. 네 마누라는 팔자 늘어지겠군, 똘똘이." 맥스가 말했다.

"예? 손님이 기다리시는 그 올레 안드레슨은 올 것 같지가 않습니다." 조지가 말했다.

"앞으로 십 분만 더 기다려 보지." 맥스가 말했다.

맥스는 거울과 시계를 쳐다보았다. 시곗바늘이 7시를 가리키고 나서 곧 7시 5분이 되었다.

"여보게, 앨. 그만 가는 게 좋겠어. 녀석이 오지 않을 모양이야." 맥스가 말했다.

"오 분만 더 기다려 보세." 앨이 주방에서 대꾸했다.

그 오 분을 기다리는 동안 손님이 또 한 사람 들어오자 조지는 요리사가 병이 났다고 둘러댔다.

"그럼 빨리 다른 요리사를 써야지. 도대체 식당을 안 할 셈이야?" 손님이 투덜거리더니 나가 버렸다.

"자, 가지, 앨." 맥스가 말했다.

"똘똘이 녀석 둘하고 깜둥이를 어떻게 한다?"

"녀석들은 괜찮을 거야."

"그렇게 생각해?"

"그럼. 우리 일은 끝났는걸."

"난 왠지 켕기는군. 뒤가 꺼림칙해. 자네가 말을 너무 많이 했잖아." 앨이 말했다.

"아, 뭘 그까짓 것 가지고! 그냥 시간 좀 때우느라 그런 건데, 안 그래?" 맥스가 대꾸했다.

"어쨌든 말이 너무 많았어." 앨이 말했다. 그가 주방에서 나왔다. 너무 꼭 끼는 외투의 허리께가 엽총의 굵고 짧은 총신 때문에 조금 봉긋해 보였다. 그는 장갑을 낀 채 주방에서 외투의 매무새를 고쳤다.

"그럼 잘 있어, 똘똘이. 너, 운이 좋았어." 그가 조지에게 말했다.

"그건 사실이야." 맥스가 맞장구쳤다. "마권이라도 사 둬."

두 사람은 문밖으로 나갔다. 조지는 창 너머로 그들이 아크등 아래를 지나 길거리를 가로질러 가는 모습을 지켜보았다. 꼭 끼는 외투에 중절모를 쓴 두 사람은 마치 보드빌[11]에 등장하는 콤비 같아 보였다. 조지는 여닫이 문을 열고 주방으로 들어가 닉과 요리사를 풀어 주었다.

"두 번 다시 이런 꼴 당하기 싫어요. 이젠 지긋지긋하다니까." 요리사 샘이 투덜거렸다.

닉이 일어섰다. 수건으로 입이 틀어막히기는 머리털 나고 이번이 처음이었다.

"뭘, 이까짓 것 가지고 그래요." 닉은 허세를 부리면서 넘기려 했다.

"그 사람들이 올레 안드레슨을 죽이려고 했어. 식사를 하러 오면 쏴 죽일 작정이었지." 조지가 말했다.

"올레 안드레슨을요?"

"그렇다니까."

요리사는 엄지손가락 두 개로 입꼬리를 쓰다듬었다.

"이제 갔겠죠?" 그가 물었다.

"그럼. 이젠 가 버렸어." 조지가 말했다.

"지겨워요. 이제 이런 일 정말로 끔찍해요." 요리사가 말했다.

"이봐, 닉. 네가 올레 안드레슨을 만나 보는 게 어때?"

"네, 그럴게요."

"그 일엔 끼어들지 않는 게 좋을걸. 이런 일에는 끼어들지 않는 게 상책이야." 요리사 샘이 말했다.

11 노래와 춤 등 온갖 공연 형식을 망라한 종합 엔터테인먼트 쇼. 19세기 말 미국에서 크게 유행했다.

"가기 싫으면 안 가도 돼." 조지가 말했다.

"이런 일에 끼어들어 봐야 이로울 거 하나도 없어. 모르는 체해." 요리사가 말했다.

"만나러 갔다 올게요. 그 사람 집이 어디죠?" 닉이 조지에게 말했다.

그러자 요리사는 고개를 돌렸다.

"똑똑한 도련님들은 늘 하고 싶은 건 하고 만다니까." 그가 말했다.

"허시네 하숙집이야." 조지가 닉에게 말했다.

"그럼 갔다 올게요."

밖으로 나오자 낙엽이 다 떨어진 앙상한 나뭇가지 너머로 아크등이 환하게 빛나고 있었다. 닉은 전차 선로를 걸어가다가 다음번 아크등 밑에서 골목으로 꺾어 들어갔다. 길에서 세 번째 집이 허시네 하숙집이었다. 닉은 현관 층계를 두 계단 올라가서 벨을 눌렀다. 여자 하나가 문간에 나왔다.

"올레 안드레슨 씨가 이 집에 사나요?"

"그분을 만나러 왔니?"

"예, 계시면요."

닉은 여자를 따라 계단을 올라가 복도 끄트머리로 갔다. 여자가 문을 두드렸다.

"누구요?"

"누가 찾아왔어요, 안드레슨 선생님." 여자가 말했다.

"닉 애덤스입니다."

"들어와."

닉은 문을 열고 방으로 들어갔다. 올레 안드레슨은 옷을 모두 입은 채 침대에 드러누워 있었다. 왕년에 헤비급 권투 선수였던 그가 눕기에는 침대의 길이가 조금 짧았다. 그는 베개를 두 개 겹쳐 베고 있었다. 닉 쪽은 쳐다보지도 않았다.

"무슨 일인데?" 그가 물었다.

"헨리 식당에 있었는데요. 어떤 남자 둘이 들어오더니 저하고 요리사를 묶어 놓고는 아저씨를 해치우러 왔다고 지껄여 댔어요." 닉이 말했다.

막상 말해 놓고 보니 바보 같은 소리로 들렸다. 올레 안드레슨은 아무 대꾸도 하지 않았다.

"우리를 주방에 가둬 놓았어요. 아저씨가 저녁 드시러 오면 쏠 작정이었던 거예요." 닉이 말을 이었다.

올레 안드레슨은 벽을 향해 누운 채 아무 말도 하지 않았다.

"아저씨한테 전해 드리는 게 좋겠다고 조지가 말했어요."

"그 일에 대해선 나도 이제 어쩔 수가 없어." 올레 안드레슨이 말했다.

"녀석들의 인상을 말씀드릴까요?"

"아냐. 녀석들의 인상 따윈 알고 싶지 않아." 그는 벽을 바라보고 있었다. "그래도 이 일로 일부러 와 줘서 고맙다."

"별말씀을요."

닉은 침대에 누워 있는 몸집이 큼직한 사내를 바라보았다.

"제가 가서 경찰에 신고할까요?"

"그러지 마. 그래 봤자 소용없어." 올레 안드레슨이 대답했다.

"제가 뭔가 도와드릴 만한 일이 없을까요?"

"없어. 이젠 아무것도 없어."

"어쩌면 단순한 위협이 아닐지도 몰라요."

"아냐. 단순한 위협은 아냐."

올레 안드레슨은 벽 쪽을 향해 돌아누웠다.

"도무지 밖에 나갈 마음이 나지 않았어. 그래서 온종일 이렇게 누워 있었던 거야." 그는 벽을 보고 누운 채 말을 이었다.

"동네를 빠져나갈 순 없나요?"

"없어. 이제는 도망 다니기도 지겨워." 올레 안드레슨이 대답했다.

그는 여전히 벽 쪽을 바라보고 있었다.

"이젠 어쩔 도리가 없어."

"어떻게 손쓸 길이 없겠어요?"

"없어. 내 잘못이야." 그는 한결같이 억양 없는 목소리로 말을 이어 나갔다. "손써 볼 도리가 없어. 조금 있으면 밖에 나갈 마음이 생기겠지."

"그럼 전 조지한테로 돌아가겠습니다." 닉이 말했다.

"그럼, 잘 가라." 올레 안드레슨이 말했다. 그는 닉 쪽은 바라보지도 않았다. "일부러 이렇게 와 줘서 고맙다."

닉은 방 밖으로 나왔다. 문을 닫을 때 옷을 모두 입은 채 침대에 드러누워서 벽을 바라보고 있는 올레 안드레슨의 모습이 눈에 들어왔다.

"글쎄, 저 양반은 하루 종일 방에서 한 발짝도 안 나왔어." 여주인이 아래층에서 말했다. "아마 어디가 아픈가 봐. 그래서 내가 이렇게 말했지. '안드레슨 선생님, 이렇게 날씨가 좋은데 산책이라도 다녀오시죠?' 하지만 나가고 싶은 생각이 들지 않는다는 거야."

"외출하기가 싫은 거죠."

"어디 몸이 불편한가 본데 안됐지 뭐야. 참 좋은 분인데. 너도 알겠지만 전에 권투 선수였잖아." 여자가 말했다.

"저도 알아요."

"얼굴을 보지 않고는 도무지 그렇게 생각이 되지 않는 분이지." 여자가 말했다. 두 사람은 길 쪽 현관문 바로 안에 서서 얘기를 나누었다. "참 점잖은 분이야."

"그럼 안녕히 계세요, 허시 아주머니." 닉이 말했다.

"어머, 난 허시 아주머니가 아냐. 허시 부인은 이 집 여주인이고, 난 그저 이 집을 돌봐 주는 사람이야. 벨 부인이라고 해." 그 여자가 말했다.

"그럼 안녕히 계세요, 벨 아주머니." 닉이 말했다.

"잘 가렴." 여자가 말했다.

닉은 어두운 골목을 걸어 아크등이 켜진 길모퉁이로 나갔다. 그러고 나서 전차 선로를 따라 헨리네 식당으로 돌아갔다. 조지는 카운터 뒤에 있었다.

"올레는 만났어?"

"예. 방까지 들어가 봤는데 밖으로 나올 생각이 없다고 하던걸요." 닉이 대답했다.

닉의 목소리를 듣고 요리사가 주방 문을 열었다.

"지금 한 말 난 한마디도 듣지 않았어." 요리사는 이렇게 말하고는 문을 닫았다.

"그래, 그 사람에게 그 얘기는 했니?" 조지가 물었다.

"그럼요. 얘기했더니 이미 잘 안다고 하던걸요."

"어쩔 생각이래?"

"아무것도 하지 않겠대요."

"그럼 그 사람들이 죽일 텐데."

"그러겠죠."

"아마 시카고에서 어떤 일에 연루되었던 모양이야."

"그런가 봐요." 닉이 대꾸했다.

"무서운 얘기로군."

"끔찍한 일이죠." 닉이 말했다.

두 사람 모두 아무 말도 하지 않았다. 조지는 손을 뻗어 수
건을 집어 들고 카운터를 닦기 시작했다.

"무슨 일을 저질렀을까?" 닉이 입을 열었다.

"누구를 배신했던 모양이지. 그들 사이에선 그런 일로 사
람들을 죽이거든."

"난 이 동네를 떠나야겠어요." 닉이 말했다.

"그래. 잘 생각했다." 조지가 말했다.

"아저씨가 죽을 걸 뻔히 알면서도 방 안에서 기다리는 걸
생각하니 도저히 견딜 수가 없어요. 몸서리나게 끔찍해요."

"글쎄, 그 일에 대해선 생각하지 말자고." 조지가 말했다.

병사의 집

크레브스는 캔자스 주에 있는 어느 감리교 대학에 다니던 중 1차 세계대전에 참전했다. 대학의 사교 클럽 형제들[12]과 함께 찍은 사진 한 장이 있는데, 그 사진 속에서 그는 똑같은 스타일의 깃을 단 똑같은 키의 학생들 틈에 섞여 있었다. 그는 1917년에 해병대에 입대하여 1919년 여름 제2사단이 라인 강에서 철수할 때 비로소 미국으로 귀환했다.

라인 강변에서 독일 아가씨 두 명과 다른 하사관과 함께 찍은 사진도 한 장 있다. 군복 때문에 크레브스와 그 하사는 몸집이 몹시 커 보였다. 독일 아가씨들은 그다지 예쁘지 않았다. 또 사진에는 라인 강도 보이지 않았다.

크레브스가 오클라호마 주의 고향 집에 돌아왔을 때는 전쟁 영웅들을 환영하는 분위기가 모두 끝나 있었다. 그가 너무 늦게 귀환했기 때문이었다. 소집되었던 병사들이 처음 고향

---

12 미국 남자 대학생들의 친목 단체에 소속된 학생들. 서로를 의형제로 간주하기 때문에 '형제'라고 부른다.

에 돌아왔을 때 마을 사람들은 그들을 열렬히 환영했다. 광적이라고 할 만큼 아주 뜨거운 환영을 말이다. 그러나 지금은 오히려 반작용이 일어났다. 마을 사람들은 크레브스가 전쟁이 끝나고도 이렇게 한참이 지나서야 돌아온 것을 우습게 생각하는 것 같았다.

벨로 숲, 수아송, 샹파뉴, 생미엘 그리고 아르곤[13]에서 벌어진 전투에 참가한 크레브스는 처음에는 아무한테도 전쟁 이야기를 꺼내고 싶어 하지 않았다. 그 뒤 그가 이야기를 하고 싶어졌을 때는 어느 누구도 그의 말에 귀를 기울이려 하지 않았다. 마을 사람들은 이미 끔찍한 이야기를 하도 많이 들어서 실제 경험담을 듣고도 스릴을 느끼지 못했다. 크레브스는 이야기에 귀를 기울이게 하려면 이야기를 꾸며 내야 한다는 것을 깨달았으며, 거짓말을 두 번 하고 나니 스스로 전쟁과 전쟁 이야기에 대해 반감을 느꼈다. 거짓말을 한 탓으로 자기가 전쟁에서 겪은 모든 일이 혐오스럽게 느껴졌다. 생각하는 것만으로도 내면에서 냉철하고 분명하게 느낄 수 있던 모든 세월, 다른 일을 할 수 있음에도 인간으로서 쉽고 자연스럽게 할 수 있는 단 한 가지 일을 하던 지난날들은 이제 냉철하고도 가치 있는 특성을 상실했으며, 그러고 난 뒤에는 그 자체도 말끔히 사라져 버리고 말았다.

크레브스가 한 거짓말은 별로 대수롭지 않은 것들로, 다른 사람들이 보고 듣고 당한 것을 자신이 경험한 것처럼 말한다든지, 군인들한테는 잘 알려져 있지만 출처가 의심스러운 사건들을 사실처럼 이야기하는 정도였다. 심지어 그의 거짓

---

13 모두 프랑스 북동부 지역.

말은 당구장에서도 감흥을 일으키지 못했다. 독일 여자들이 기관총에 쇠사슬로 묶인 채 아르곤 숲에서 발견되었다는 얘기를 자세히 들어 온 친구들과 또 쇠사슬에 묶여 있지 않았던 독일 기관총 사수들을 이해할 수 없거나 애국심 때문에 그런 것에 흥미를 느끼지 못하는 친구들은 그의 이야기를 듣고도 전혀 스릴을 느끼지 않았다.

크레브스는 거짓이나 과장으로 만들어 낸 경험에 대해 욕지기를 느꼈다. 어쩌다 댄스파티에서 정말 군대에 갔던 전우를 만나 탈의실에서 몇 분이라도 이야기를 나눌 때면 그는 다른 전우들과 함께 있는 옛 군인이라는 편안한 태도에 빠져들었다. 즉 그는 넌더리가 날 정도로 끔찍하게 항상 공포감에 사로잡혀 있었던 것이다. 이런 식으로 그는 모든 것을 잃고 말았다.

이 무렵은 늦은 여름철이어서 크레브스는 늦게까지 침대에 드러누워 잠을 자다가 일어나 시내까지 걸어가 도서관에서 책 한 권을 빌려 집에 돌아와서는 점심을 먹고 현관 앞에서 싫증이 날 때까지 읽고, 그런 뒤 시내를 빠져나가 당구장에 가서 서늘하고 어두운 곳에서 제일 무더운 시간을 보냈다. 그는 당구 치는 것을 좋아했다.

저녁이 되면 그는 클라리넷 연습을 하고 읍내 거리를 따라 산책하고 책을 읽고 잠자리에 들었다. 두 누이동생한테 그는 여전히 용감한 군인이었다. 그의 어머니는 그가 원하면 침대까지 아침 식사를 날라다 주곤 했다. 그가 침대에 누워 있으면 어머니는 수시로 방에 들어와 전쟁 이야기를 해 달라고 했지만 정작 이야기를 시작하면 듣는 둥 마는 둥 했다. 아버지는 조금도 간섭하지 않았다.

전쟁에 나가기 전만 해도 크레브스는 자기 집 자동차의 운전을 허락받은 적이 한 번도 없었다. 부동산업을 하는 아버지가 고객을 데리고 시골 땅을 보러 다녀야 해서 언제든 자동차를 사용할 수 있어야 했기 때문이다. 그래서 자동차는 퍼스트 내셔널 은행 건물 바깥에 늘 대기했다. 아버지는 그 건물의 2층을 썼다. 전쟁이 끝난 지금도 마찬가지였다.

어린 아가씨들이 성장했다는 것 외에 마을은 달라진 게 하나도 없었다. 그러나 그 아가씨들도 이미 한계가 정해진 인맥과 변하기 쉬운 반목의 관계라는, 매우 복잡한 세계 속에서 살고 있어 크레브스는 그 속으로 비집고 들어갈 정력도 용기도 나지 않았다. 그러나 아가씨들을 쳐다보면 기분이 좋았다. 예쁜 아가씨들이 너무 많았다. 아가씨들은 대부분 단발로 머리카락을 짧게 잘랐다. 그가 전쟁에 나갈 무렵만 해도 나이 어린 소녀들이나 행실이 좋지 않은 여자들만 그렇게 머리를 짧게 잘랐다. 그들은 모두 스웨터에 네덜란드식 깃이 달린 블라우스를 입고 있었다. 그것이 이 무렵의 유행이었다. 그는 앞 현관에서 맞은편 한길로 지나다니는 여자들을 바라보는 게 좋았다. 스웨터에 달린 둥근 네덜란드식 깃이 마음에 들었다. 그들의 실크 스타킹과 평평한 구두도 마음에 들었다. 그들의 단발머리와 걷는 모습도 마음에 들었다.

읍내로 들어가면 아가씨들이 풍기는 매력이 그다지 크게 느껴지지 않았다. 그리스인이 경영하는 아이스크림 가게의 여자들은 별로 마음에 들지 않았다. 그는 사실 여자들을 손에 넣고 싶은 생각이 없었다. 그들은 너무 복잡했다. 물론 그것 말고도 다른 무엇이 있었다. 막연히 여자를 원하기는 했지만 여자를 얻기 위해 실제로 작업을 걸기가 싫었다. 여자를 손에 넣고 싶었지만 그 때문에 오랜 시간을 허비하기도 싫었다. 호기심을 끌기 위해 음모를 꾸미고 용의주도하게 굴기도 싫었다. 구애 같은 것을 해야 하는 게 싫었다. 이제 더는 거짓말을 하기가 싫었다. 하나같이 부질없는 짓이었다.

크레브스는 결과라는 것 자체가 모두 싫었다. 두 번 다시 어떤 결과건 맛보고 싶지 않았다. 결과 없는 인생을 살고 싶었다. 게다가 그에겐 정말 여자가 필요하지 않았다. 군대에서 그것을 배웠던 것이다. 마치 여자를 사귀어야 하는 것처럼 포즈를 취하기만 하면 그만이었다. 남자들은 대개 그런 포즈를 취하지만 사실은 그렇지 않다. 그들에겐 여자가 필요치 않았다. 웃기는 일이었다. 처음에는 한 친구가 자기에게는 여자란 아무런 의미가 없다든지, 여자에 대해서는 한 번도 생각해 본 적이 없다든지, 여자들이 자기에게 손가락 하나 대지 못한다든지 하면서 뻐겼다. 그런가 하면 여자들 없이는 도저히 살 수 없다든지, 한순간도 여자 곁을 떠나서는 지낼 수 없다든지, 여자 없이는 잠을 잘 수 없다든지 하고 뻐기는 녀석도 있었다.

모두 다 거짓말이었다. 양쪽 모두 거짓말이었다. 여자에 대해 생각해야 비로소 여자를 필요로 하게 되는 것이다. 그는 군대에서 그것을 배웠다. 이르건 늦건 어차피 여자란 손에 넣게 되는 법이다. 한 여자에게 정말로 마음이 쏠리면 언제든 손에 넣게 될 것이다. 곰곰이 생각할 필요조차 없는 일이었다. 조만간 그렇게 되고 말 것이다. 그는 군대에서 그것을 배웠다.

지금의 그로서는 한 아가씨가 자기한테 오면 그 여자를 좋아하겠지만 이야기를 나누고 싶지 않았다. 그러나 이곳 고향 마을에서 여자란 너무나 복잡했다. 그는 이 복잡한 과정을 처음부터 다시 밟을 수 없다는 것을 잘 알았다. 그렇게 수고를 들일 만한 가치가 없었다. 프랑스나 독일 아가씨라면 사정이 달랐다. 그곳에서는 얘기를 나눌 일이 전혀 없었다. 많이 얘기할 수도 없었고, 또 얘기할 필요도 없었다. 그들과의 관계는 단순했으며 쉽게 친구가 되었다. 그는 프랑스에 대해 생각하고 그다음에는 독일에 대해 생각했다. 대체로 그는 독일을 더 좋아하는 편이었다. 독일을 떠나기 싫었다. 고향에 돌아오기가 싫었다. 그런데도 그는 귀국했다. 그래서 지금 앞쪽 현관에 앉아 있는 것이다.

크레브스는 길 건너편을 지나다니는 아가씨들이 마음에 들었다. 프랑스나 독일 아가씨들보다 그들의 모습이 한결 마음에 들었다. 그러나 여자들이 사는 세계는 자신이 사는 세계와 달랐다. 그는 아가씨 중 한 사람과 사귀고 싶었다. 그러나 그럴 만한 가치가 없었다. 아가씨들의 모습은 참으로 아름다웠다. 그는 그런 모습이 좋았다. 가슴을 설레게 하는 모습이었다. 그러나 그는 귀찮게 말을 걸고 싶지 않았다. 그렇다고 어느 한 아가씨를 몹시 바라는 것도 아니었다. 그러나 그들을 바라보는 것이 좋았다. 부질없고 가치 없는 짓이었다. 일이 다시 잘되어 나가고 있는 지금에야 더더욱 쓸데없는 짓이었다.

그는 현관에 앉아 전쟁에 관한 책을 읽었다. 전쟁사(戰爭史) 책이었는데 그는 자신이 참전한 전쟁 부분을 하나도 빠뜨리지 않고 꼼꼼히 읽었다. 지금껏 읽었던 것 중 가장 흥미진진한 책이었다. 지도가 좀 더 많이 삽입되었더라면 더 좋았을 것 같았다. 언젠가 상세한 지도가 붙은 책이 출판되면 그런 훌륭한 전쟁사 책을 모두 읽어 보자고 흐뭇한 마음으로 다짐했다. 지금 그는 정말 전쟁에 대해 공부하고 있었다. 그는 훌륭한 군인이었다. 중요한 건 바로 그 점이었다.

고향에 돌아온 지 한 달쯤 지난 어느 날 아침 어머니가 침실에 들어와 침대에 앉았다. 어머니는 앞치마의 주름을 펴고 있었다.

"엊저녁에 네 아버지하고 상의했다, 해럴드. 저녁에는 자동차를 몰고 나가도 좋다고 하시더라." 어머니가 말했다.

"그래요? 자동차를 몰고 나가도 괜찮대요? 정말요?" 아직도 잠이 덜 깬 크레브스가 물었다.

"그럼. 네 아버지는 얼마 전부터 저녁에 나가고 싶을 때는 네가 자동차를 써도 좋다고 생각했어. 아버지하고 내가 이야기한 건 엊저녁이었지만."

"틀림없이 어머니가 설득하셨겠죠." 크레브스가 말했다.

"아냐. 네 아버지가 먼저 말해서 함께 의논한 거야."

"아니, 어머니가 설득하신 게 틀림없어요." 크레브스가 침대에서 일어나 앉으며 말했다.

"아래층에 내려가 아침 식사 할래, 해럴드?" 어머니가 물었다.

"옷 입고 곧 내려갈게요." 크레브스가 대답했다.

그의 어머니는 방에서 나갔다. 식당으로 아침을 먹으러 내려가려고 세수를 하고 면도를 하는 동안 어머니가 아래층에서 무언가를 기름에 튀기는 소리가 들렸다. 식사하는 동안 누이동생이 우편물을 갖고 들어왔다.

"어머나, 헬[14]! 잠꾸러기 오빠. 왜 이렇게 일찍 일어난 거예요?" 그녀가 물었다.

크레브스는 누이동생을 쳐다보았다. 그는 그녀를 좋아했

---

14 '해럴드'의 애칭.

다. 제일 사이좋은 동생이었다.

"신문 가져온 거야?" 그가 물었다.

누이동생이 그에게 《캔자스시티 스타》[15]를 건네주자 그는 갈색 포장지를 벗기고 스포츠란을 펼쳤다. 신문을 펼쳐 접어 물 주전자로 받치고 움직이지 않게 시리얼 접시로 고여 놓으니 식사를 하면서도 신문을 읽을 수 있었다.

"해럴드, 해럴드, 제발 신문을 뒤섞어 놓지 마라. 뒤섞어 놓으면 아버지가 읽을 수 없잖아." 부엌 입구에 서 있던 그의 어머니가 말했다.

"뒤섞어 놓지 않을게요." 크레브스가 대답했다.

누이동생은 식탁에 앉아 신문을 읽는 오빠의 얼굴을 빤히 바라보았다.

"오늘 오후에 우리 학교에서 실내 야구 해. 내가 투수야." 그녀가 말했다.

"그거 근사한데. 그래, 야구 솜씨는 어때?" 크레브스가 물었다.

"웬만한 남자애들보다 내가 더 잘 던져. 애들한테는 오빠가 가르쳐 줬다고 그랬지. 다른 여자애들은 형편없어."

"그래?" 크레브스가 말했다.

"오빠가 내 애인이라고 말해. 내 애인이 되지 않을래, 헬?"

"그래, 좋아."

"오빠는 정말 애인이 될 수 없는 거야?"

"잘 모르겠는걸."

---

15 어니스트 헤밍웨이는 고등학교를 졸업한 직후 이 신문사에서 여섯 달 정도 수습기자로 근무했다.

"잘 알면서. 내가 어른이고 만약 오빠가 원한다면 내 애인이 될 수 없어?"

"왜 없겠어. 지금도 내 애인이잖아."

"정말, 내가 오빠 애인이라고?"

"그렇고말고."

"나를 사랑해?"

"으, 응."

"언제까지라도 사랑할 거야?"

"그럼."

"내가 실내 야구 하는 거 보러 올래?"

"글쎄."

"어머, 헬. 나를 사랑하지 않네. 사랑한다면, 내가 실내 야구 하는 걸 보러 오고 싶을 텐데."

크레브스의 어머니가 부엌에서 식당으로 들어왔다. 달걀 프라이 두 개와 아삭하게 구운 베이컨 접시와 메밀 팬케이크 접시를 들고 있었다.

"그만 가 봐, 헬렌. 오빠하고 할 얘기가 있으니까." 어머니가 말했다.

어머니는 달걀과 베이컨 접시를 그의 앞에 내려놓고 팬케이크에 뿌릴 단풍나무 시럽 병을 가져왔다. 그런 뒤 크레브스와 마주 앉았다.

"잠깐 신문을 내려놓지, 해럴드." 어머니가 말했다.

크레브스는 신문을 내리고 접었다.

"무슨 일을 할 건지 이제 결심이 섰니, 해럴드?" 어머니가 안경을 벗으면서 말했다.

"아뇨." 크레브스가 대답했다.

"이젠 그럴 때가 되었다고 생각하지 않니?" 어머니가 이 말을 비꼬듯이 한 것은 아니었다. 걱정하는 듯한 목소리였다.

"아직 생각해 본 일 없어요." 크레브스가 대답했다.

"하느님은 누구에게나 알맞은 일거리를 주신단다.[16]" 어머니가 말을 이어 나갔다. "하느님의 왕국에는 빈둥빈둥 노는 사람이 단 한 사람도 없어."

"난 하느님의 왕국에 살고 있지 않은걸요." 크레브스가 말했다.

"우린 모두 하느님의 왕국에 살고 있단다."

크레브스는 여느 때처럼 당혹스럽고 화가 치밀었다.

"엄마는 너 때문에 근심이 많아, 해럴드. 네가 지금까지 온갖 유혹을 받았다는 걸 알아. 인간이 얼마나 연약한 존재인지도 잘 알지. 네 할아버지인 내 아버지가 남북 전쟁에 대해 많이 얘기해 주셨거든. 그래서 난 너를 위해 늘 기도드렸어. 지금도 하루 종일 너를 위해 기도드리고 있어, 해럴드." 어머니가 말했다.

크레브스는 접시에 담긴 베이컨의 기름이 굳어 가는 것을 바라보고 있었다.

"아버지도 걱정하고 있어." 그의 어머니가 말을 이었다. "네가 야망을 잃었다고, 인생의 확고한 목표가 없다고 생각하셔. 너와 동갑인 찰리 시먼스를 좀 봐라. 그 애는 좋은 일자리도 얻었고, 곧 결혼도 한다더라. 사내아이들이 다들 자리를 잡

---

16   "각 사람은, 주님께서 나누어 주신 그대로, 하나님께서 그를 부르신 그대로 살아가십시오. 이것이 모든 교회에서 명하는 나의 지시입니다."(「고린도전서」 7장 17절)

아 가고 있어. 모두들 성공하려고 마음을 굳게 먹고 있잖니. 너도 알겠지만, 찰리 시먼스 같은 애들은 정말 사회에 뭔가 도움이 되려고 해."

크레브스는 아무 말도 하지 않았다.

"딴 데 보지 말고, 해럴드." 그의 어머니가 말했다. "우리는 너를 사랑해. 그래서 네가 잘됐으면 해서 돌아가는 상황을 얘기해 주고 싶은 거야. 네 아버지는 네 자유를 구속하고 싶어 하지 않아. 네가 자동차를 운전해도 좋다고 생각하잖니. 훌륭한 아가씨를 데리고 드라이브라도 한다면야 우리로서는 기쁠 따름이지. 우린 네가 재미있게 지내 줬으면 해. 하지만 어서 자리를 잡고 일을 해야 해, 해럴드. 아버지는 네가 어떤 일을 시작하든 상관하지 않아. 아버지 말씀대로 모든 일은 신성하니까. 어쨌든 무슨 일이라도 해 봐야지.[17] 아버지가 오늘 아침 나더러 네게 말하라고 부탁하더라. 그리고 아버지 사무실에 들러 만나 봐도 좋을 거야."

"이제 말씀 다 하셨어요?" 크레브스가 물었다.

"그래. 너 엄마를 사랑하지 않는 거니, 애야?"

"예, 사랑하지 않아요." 크레브스가 대답했다.

그의 어머니는 식탁 너머로 그를 쳐다보았다. 어머니의 두 눈이 반짝거렸다. 눈물을 흘리기 시작했던 것이다.

"전 누구도 사랑하지 않아요." 크레브스가 말했다.

부질없는 짓이었다. 그는 어머니에게 말할 수도 없었고, 어머니를 이해시킬 수도 없었다. 그런 말을 하다니 어리석었

17　"우리가 여러분에게 명령한 대로, 조용하게 살기를 힘쓰고, 자기 일에 전념하고, 자기 손으로 일을 하십시오."(「데살로니가전서」4장 11절)

다. 어머니 마음만 상하게 했을 뿐이다. 그는 어머니 있는 곳으로 돌아가 어머니의 팔을 잡았다. 어머니는 두 손으로 얼굴을 가리고 울고 있었다.

"그런 뜻이 아니었어요. 전 다만 어떤 일에 화가 나 있을 뿐이에요. 어머니를 사랑하지 않는다는 뜻이 아니에요." 그가 말했다.

어머니는 울음을 그치지 않았다. 크레브스는 어머니의 어깨에 팔을 올려놓았다.

"제 말을 못 믿으시겠어요, 어머니?"

어머니는 고개를 내저었다.

"제발, 제발 어머니. 제발 저를 믿어 주세요."

"그래, 그래." 어머니는 목이 멘 소리로 말했다. 그녀는 아들을 쳐다보았다. "암, 믿고말고, 해럴드."

크레브스는 어머니 머리카락에 키스를 했다. 어머니는 그를 향해 얼굴을 쳐들었다.

"난 네 엄마야. 네가 아기였을 때는 내가 너를 꼭 안고 있었지." 어머니가 말했다.

크레브스는 메스껍고 어쩐지 토할 것 같은 기분이 들었다.

"알아요, 엄마. 착한 아들이 되려고 노력할게요." 그가 말했다.

"그럼 무릎 꿇고 나와 함께 기도드리지 않겠니, 해럴드?" 어머니가 그에게 물었다.

어머니와 아들은 식탁 옆에 무릎을 꿇었고, 크레브스의 어머니는 기도를 드렸다.

"자, 기도드리렴, 해럴드." 어머니가 말했다.

"그럴 수가 없어요." 크레브스가 대답했다.

"한번 해 봐, 해럴드."

"못 하겠어요."

"너 대신 내가 기도드릴까?"

"네."

그래서 그의 어머니가 그를 대신해 기도를 드리고 난 뒤 두 사람은 일어났다. 크레브스는 어머니에게 키스를 하고 집 밖으로 나왔다. 그는 자신의 삶이 복잡해지지 않도록 무척 조심해 왔다. 그런데도 삶은 어느 것 하나 그에게 감동을 주지 않았다. 그는 어머니에게 미안한 생각이 들었고, 어머니는 그에게 거짓말을 하도록 만들었다. 그는 캔자스시티에 가서 일자리를 구해 볼 것이고, 그러면 어머니는 그 점에 만족할 것이다. 어쩌면 떠나기 전에 한 번 더 야단법석이 날지도 모른다. 아버지 사무실에는 들르고 싶지 않았다. 그곳은 피하고 싶었다. 그는 자신의 삶이 순조롭게 진행되기를 바랐고, 이제 막 그렇게 되려던 참이었다. 어쨌든 이제는 모든 게 끝나고 말았다. 그는 학교 운동장에 가서 헬렌이 실내 야구 하는 모습을 지켜보고 싶었다.

킬리만자로의 눈

킬리만자로는 해발 6000미터의 눈 덮인 산으로 아프리카 대륙에서 가장 높은 산이라고 한다. 서쪽 정상은 마사이어[18]로 '응가예 응가이', 즉 신(神)의 집이라고 부른다. 이 서쪽 봉우리 가까이에는 바짝 말라 얼어붙은 표범의 시체가 하나 있다. 그 높은 곳에서 표범이 도대체 무엇을 찾고 있었는지 설명해 주는 사람은 지금껏 아무도 없다.

"고통이 사라지다니 참으로 신기한 노릇이야. 그래서 사람들은 그것이 다가올 때를 아는 모양이지." 사나이가 말했다.

"정말이에요?"

"그럼 정말이고말고. 그런데 이렇게 고약한 냄새를 피워서 진심으로 미안하군요. 당신도 아마 견디기 어려울 텐데."

"제발! 제발 그런 말 하지 마요!"

"저것들 좀 봐요. 저것들이 저렇게 모여드는 건 내 꼴을 보았기 때문일까, 아니면 냄새를 맡았기 때문일까?" 그가 말했다.

---

18 케냐와 탕가니카 지방에 사는 마사이족이 사용하는 언어.

그가 누워 있는 침상은 미모사 나무의 넓은 그늘 속에 놓여 있었다. 그늘 건너편 눈이 부시게 반짝거리는 들판을 바라보니 큼직한 새 세 마리가 흉측하게 웅크리고 있는 한편 하늘에도 열서너 마리가 더 날면서 지나갈 때마다 재빠르게 움직이는 그림자를 땅에 드리웠다.

"저놈들은 트럭이 고장 난 날부터 줄곧 저기에 있었죠. 땅에 내려앉은 건 오늘이 처음이라고요. 어느 때고 저놈들을 단편 소설에 써 보고 싶은 날이 올 것 같아서 처음에는 날아다니는 모양을 무척 유심히 관찰했는데, 생각해 보니 우습군요." 그가 말했다.

"그렇게 생각하지 마요." 그녀가 말했다.

"그냥 지껄여 본 것뿐이에요. 지껄이고 있으면 한결 편해지니까. 하지만 당신을 성가시게 하고 싶진 않군요." 그가 대꾸했다.

"성가실 리가 있나요." 그녀가 말했다. "아무 일도 할 수 없다는 게 무척 안타까울 뿐이에요. 비행기가 올 때까지 이 사태를 최대한 편하게 할 수 있을 거예요." 그녀가 말했다.

"아니면 비행기가 오지 않을 때까지거나."

"내가 할 일이나 좀 일러 줘요. 분명 내가 할 수 있는 일이 있을 테니까요."

"내 다리를 잘라 줘요. 그러면 고통이 사라질지도 모르니. 그것도 장담은 못 하지만. 아니면 총으로 나를 쏴 죽이든지. 이젠 당신도 사격에 능숙하니까. 내가 당신에게 총 쏘는 법을 가르쳐 주지 않았나요?"

"제발 그런 식으로 말하지 마요. 책 읽어 줄까요?"

"무슨 책을 읽으려고?"

"책가방 속에 든 것 중에서 뭐든지 읽지 않은 걸로요."

"책 읽는 걸 듣고 있을 수가 없어요. 지껄이는 게 제일 편하죠. 입씨름이라도 하고 있으면 시간이 지나갈 테니까." 그가 말했다.

"입씨름은 안 할래요. 입씨름하고 싶은 생각은 추호도 없어요. 그러니 이제 그 얘기는 그만둬요. 아무리 화가 나더라도 말이에요. 오늘쯤 아마 사람들이 다른 트럭을 갖고 돌아올 거예요. 어쩌면 비행기도 도착할지 모르죠."

"난 꼼짝도 하기 싫어요. 당신을 좀 더 편하게 해 주기 위해서라면 몰라도 이젠 움직이는 것 자체가 쓸데없는 짓이니까." 그가 대꾸했다.

"비겁해요."

"공연히 험담하지 않고 마음 편히 죽게 나 좀 내버려 둘 순 없나? 나한테 욕을 해 봐야 무슨 소용이 있겠어요?"

"당신은 안 죽어요."

"어리석은 소리 말아요. 난 지금 죽어 가고 있어. 저 빌어먹을 놈들에게 물어봐요." 그는 고약하게 생긴 큼직한 새들이 둥글게 구부린 털 속에 벌거숭이 대가리를 파묻고 앉아 있는 쪽을 바라보았다. 네 번째 새가 미끄러지듯 땅으로 내려와 앉아 잽싸게 발을 놀려 달리더니 다른 새들이 있는 곳으로 뒤뚱거리며 천천히 걸어갔다.

"저 새들은 어느 캠프 주위에서나 볼 수 있어요. 다만 당신 눈에 띄지 않았을 뿐이죠. 삶을 포기하지 않는 한, 인간은 죽지 않는 법이에요."

"그런 건 어디서 읽었죠? 정말 형편없는 바보로군."

"다른 사람들에 대해 생각해 봐요."

"빌어먹을. 그건 내 직업이었다고." 그가 대꾸했다.

그러고 나서 그는 드러누워 얼마 동안 조용히 있더니 열기에 아지랑이가 이는 벌판 건너편 잡목 숲을 바라보았다. 노란 벌판을 배경으로 산양 몇 마리가 작고 하얗게 보였으며, 더 멀리 저쪽에는 푸른 숲을 배경으로 얼룩말이 떼 지어 있는 모습이 보였다. 이곳은 언덕을 등지고 큰 나무 그늘 밑에 자리 잡은 훌륭한 캠프장으로 물이 좋고 바로 곁에는 물이 말라 버리다시피 한 샘물이 있어 아침이면 사막 뇌조들이 날아다니곤 했다.

"책이라도 읽어 줄까요?" 여자가 물었다. 여자는 그의 침상 옆 캔버스 의자에 앉아 있었다. "산들바람이 불어요."

"아니, 읽을 필요 없어요."

"아마 트럭이 올 거예요."

"빌어먹을, 트럭 같은 건 아무래도 좋다고요."

"난 그렇지 않아요."

"당신은 참 많은 일에 관심이 있군요. 나는 신경도 안 쓰는 일에."

"그렇게 많은 일은 아니죠, 해리."

"술 한잔은 어떨까요?"

"당신에겐 해로울 거예요. 블랙[19]의 책에도 알코올 성분은 모두 피하라고 쓰여 있어요. 그러니 마시면 안 돼요."

"몰로!" 그가 큰 소리로 불렀다.

"네, 브와나.[20]"

---

19 A & C 블랙 출판사가 1906년에 출간한 『가정 의학서』를 가리킨다.

20 '나리' 또는 '주인님'을 뜻하는 스와힐리어.

"위스키소다를 가져와."

"네, 브와나."

"그러면 안 돼요. 아까 말했던 삶을 포기한다는 게 바로 그런 거예요. 책에도 술이 나쁘다고 적혀 있어요. 당신에게 해롭다는 건 저도 잘 알고요." 여자가 말했다.

"아뇨, 술은 나한테 이로워요." 그가 우겼다.

이제 모든 게 끝났어, 하고 그는 생각했다. 이제 그에겐 그 것을 끝맺을 기회가 영영 없을 것이다. 술 한잔 마시는 것을 두고 시비를 하다가 이렇게 끝나 버릴 것이었다. 오른쪽 다리에 괴저(壞疽)가 발생한 뒤로 고통은 전혀 느껴지지 않았고, 고통과 더불어 공포감까지도 사라져, 지금 느끼는 것이라곤 오직 격심한 피로감과 이렇게 끝나는 것에 대한 분노뿐이었다. 지금 다가오고 있는 이 죽음이라는 것에 대해 그는 호기심을 느껴 본 적이 거의 없었다. 지난 몇 해 동안 죽음은 강박 관념처럼 그의 마음속에서 떠나지 않았지만 이제는 그것 자체가 아무런 의미가 없었다. 심한 피로감이 죽음을 이렇게 쉬운 것으로 만들다니 참으로 이상한 일이었다.

그는 확실히 파악한 뒤 훌륭하게 쓰고 싶은 생각에 안 쓰고 아껴 두었던 작품들을 이제는 영원히 쓰지 못할 것이다. 그렇다면 써 보려다가 실패하는 일도 없겠지. 어쩌면 이제는 그 작품들을 끝내 못 쓸지도 모른다. 그러기에 차일피일 미루기만 하고 미처 시작하지도 못한 것이다. 아무튼 지금에 와서는 도무지 알 수 없는 일이었다.

"차라리 이곳에 오지 않는 게 좋을 뻔했어요." 여자가 말했다. 그녀는 손에 술잔을 들고 입술을 깨물며 그를 바라보고 있었다. "파리에 그냥 머물렀더라면 이런 일은 당하지 않았을 거 아니에요. 당신은 늘 파리가 좋다고 했죠. 파리에 그냥 머물 수도 있었고, 또 어디든 다른 곳에 갈 수도 있었어요. 난 어디든지 갔을 거예요. 당신이 원하는 곳이라면 어디든지 가겠다고 말했잖아요. 만약 당신이 사냥을 원한다면 헝가리에 가서 사냥을 했을 테고, 그랬더라면 편했을 거예요."

"당신의 그 빌어먹을 돈으로 말이죠." 그가 내뱉었다.

"그건 옳은 말이 아녜요. 돈은 언제나 내 것인 동시에 당신 것이기도 했어요. 난 모든 걸 버리고 당신이 가자는 대로 어디나 따라갔고, 또 원하는 일이라면 뭐든 해 왔어요. 하지만 이곳만은 오지 말았어야 했어요." 그녀가 말했다.

"당신도 이곳이 좋다고 했잖아요."

"그건 당신 몸이 성할 때 얘기죠. 하지만 지금은 끔찍이 싫어요. 어쩌다 당신 다리가 이 모양이 됐는지 모르겠어요. 우리가 이런 변을 당하다니, 우리가 뭘 잘못했나요?"

"처음 살갗이 긁혔을 때 소독약 바르는 걸 잊었던 탓이겠지. 난 한 번도 병독에 감염된 적이 없어서 전혀 주의를 하지 않았던 거예요. 나중에 상처가 악화됐을 때는 다른 방부제가 떨어져서 약한 석탄산액(石炭酸液)을 사용했고. 그래서 모세혈관이 마비돼 괴저가 발생한 거예요." 그는 그녀를 쳐다보았다. "그것 말고 무슨 까닭이 있겠어요?"

"내 말뜻은 그게 아니에요."

"그 어설픈 키쿠유족[21] 운전기사 대신에 훌륭한 운전기사를 고용했더라면 엔진 오일 상태를 점검했을 거고, 또 트럭의 베어링을 태우는 일도 없었을 테죠."

---

21 케냐에 사는 부족.

"내 말은 그런 뜻이 아니라니까요."

"당신이 당신 가족이랑 그 빌어먹을 올드 웨스트버리,[22] 새러토가,[23] 팜비치[24] 패거리들과 헤어져 나를 따라오지만 않았어도……."

"어머, 그건 다 당신을 사랑했기 때문에 한 일이죠. 그런 말은 공평하지 않아요. 지금도 난 당신을 사랑해요. 그리고 언제까지나 당신을 사랑할 거예요. 당신은 날 사랑하지 않나요?"

"그래. 당신을 사랑한다는 생각이 들지 않아요. 한 번도 사랑해 본 적이 없다고요." 사내가 대답했다.

"해리, 지금 무슨 말을 하는 거예요? 당신, 머리가 돌았나 봐요."

"아냐. 돌고 싶어도 돌 머리가 없어."

"그걸 마시면 안 돼요. 여보, 제발 좀 마시지 마요. 우리가 할 수 있는 일은 다 해 봐야 해요." 그녀가 말했다.

"당신이나 해요. 난 지금 피곤하니까." 그가 내뱉었다.

지금 그는 마음속에서 카라가치[25] 역을 바라보고 있었다. 손에 짐을 들고 서 있었는데, 지금 어둠을 뚫고 들어오는 것은 심플론 오리엔트 호(號) 열차에서 비치는 헤드라이트였다. 퇴각한 뒤 그는 트라키아[26]를 막 떠나던 참이었다. 이것은 그가 훗날 작품으로 쓰려고 간

---

22   뉴욕 시 북쪽에 위치한 소도시로 주로 부유한 사람들이 산다.

23   뉴욕 주 북쪽에 있는 휴양 도시.

24   플로리다 주 동남부 해안의 피한지.

25   터키의 소도시.

26   발칸 반도 동부, 오늘날의 그리스 동부와 터키 서부 지방.

직해 두었던 소재 중의 하나였다. 그날 아침 식사 때 창밖을 바라보다가 불가리아의 산에 눈이 쌓인 것을 바라보던 일 말이다. 또 난센[27]의 비서가 노인에게 저것이 눈이냐고 묻자 노인은 창밖을 바라보면서 아냐, 저건 눈이 아냐, 눈이 내리기엔 아직 일러, 하고 대답하던 일 말이다. 그러자 비서는 다른 아가씨들에게 이것 좀 봐, 눈이 아니래, 하고 되풀이한다. 그러면 아가씨들은 일제히 저건 눈이 아녜요, 우리가 잘 못 봤어요, 하고 말한다. 하지만 그것은 틀림없이 눈이었고, 주민 교환 계획을 전개할 때 그는 그들을 눈 속으로 보냈다. 그들은 눈 속을 헤매고 다녔고, 결국 그해 겨울 사망했다.

그해 크리스마스 주일 동안에도 가데르탈[28] 고지대에는 계속 눈이 퍼부었다. 그해 그들은 크고 네모난 사기 난로가 방 절반을 차지하는 벌목꾼 집에 살면서 밤나무 잎사귀를 잔뜩 넣은 매트리스를 깔고 잤는데, 그때 발이 피투성이가 된 탈영병 한 사람이 눈 속에서 나타났다. 탈영병은 헌병이 자기를 뒤쫓고 있다고 말했다. 그들은 그에게 털양말을 주어 달아나게 해 놓고 그 발자국이 눈으로 뒤덮일 때까지 헌병을 붙들고 이야기를 늘어놓았다.

슈룬츠[29]에서는 크리스마스 날 눈이 너무 환하게 반짝였기 때문에 술집에서 밖을 내다보면 눈이 시릴 정도였고, 사람들이 교회에서 집으로 돌아오는 모습이 보였다. 그들은 가파른 소나무 언덕으로 둘러싸인 강기슭을 따라 썰매로 다져 미끈해지고, 말 오줌으로 노랗게 물든 눈길을 어깨에 무거운 스키를 짊어지고 올라갔다. 그리고 그때 마들레너 하우스 산장 위쪽 빙하 아래로 멋지게 이어진 슬로프를 단

---

27   프리드쇼프 난센(Fridtjof Nansen, 1861~1930): 노르웨이 출신의 탐험가 및 정치가. 이 무렵 그는 국제 연맹의 난민 교환에 종사했다.

28   오스트리아 산악 지방에 있는 마을.

29   오스트리아 산악 지방인데, 스키로 유명하다.

숨에 내려 달렸는데, 눈은 케이크에 입힌 설탕처럼 부드럽고 흰 가루처럼 가벼웠다. 또 스피드를 내어 소리 없이 전속력으로 달려 내려오다 보면 마치 새처럼 아래로 미끄러지던 기억이 났다.

그때 눈보라가 닥쳐 사람들은 모두 일주일 동안 마들레너 하우스 산장에서 오도 가도 못하고 갇혀 자욱한 담배 연기 속에 초롱불을 밝히고 트럼프 놀이만 했다. 그런데 렌트 씨는 게임에서 지면 질수록 더 많은 돈을 걸더니 결국 돈을 몽땅 잃고 말았다. 갖고 있던 모든 것을 말이다. 스키 교습료로 받은 돈이며, 이번 시즌에 얻은 이익금이며, 밑천까지도 전부 말이다. 코가 길쭉한 그 사내가 카드를 집어 들고는 "상 부아르[30]"라고 말하며 패를 열어 보던 모습이 눈에 선하다. 그때는 자나 깨나 늘 노름을 했다. 눈이 오지 않아도 노름을 했고, 눈이 너무 내려도 노름을 했다. 그는 자신이 여태까지 노름으로 낭비한 모든 시간을 생각했다.

하지만 그는 그것에 대해서는 글 한 줄 써 본 일이 없었다. 또 바커가 비행기를 몰고 산맥이 뚜렷이 보이는 평원을 가로질러 전선을 넘어가서는 휴가를 받아 돌아가는 오스트리아 장교들이 탄 열차를 포격한 것, 뿔뿔이 흩어져 도망치는 병사들을 기관총으로 쏘아 대던 그 춥고 맑게 갠 크리스마스 날에 대해서도 아직 써 본 일이 없다. 그 뒤에 바커가 식당에 들어와서 그 이야기를 늘어놓기 시작하던 때의 얼굴이 생각났다. 그때 모두들 조용히 듣고만 있었는데, 마침내 어느 누군가가 이렇게 말했다. "에이, 이 무지막지한 살인마 같으니!"

그러나 그 후에 그와 함께 스키를 타던 사람들은, 당시 그들이 죽인 같은 오스트리아인이었다. 아니, 똑같은 사람들은 아니었다. 겨우

---

30 체스 게임의 한 방식으로 체스가 놓인 위치를 보거나 만지지 않고 승부를 겨룬다. 여기에서는 카드 게임에 이 방식을 적용하겠다는 뜻이다.

내 같이 스키를 탔던 한스는 카이저 경보 부대 소속이었다. 제재소 위쪽 협곡으로 같이 토끼 사냥을 갔을 때 두 사람은 파수비오 전투와 페르티카라와 아살로네[31] 공격에 대해 얘기를 나누었다. 그렇지만 그것에 대해서도 그는 아직 글 한 줄 쓰지 못했다. 몬테코로나[32]며, 세테 코무니[33]며 아르시에로[34]에 대해서 역시 한 줄도 쓰지 못했다.

몇 해 겨울을 포어아를베르크와 아를베르크[35]에서 살았던가? 네 번의 겨울을 그곳에서 보냈다. 그들이 걸어서 선물을 사러 블루덴츠[36]에 갔을 때 여우를 팔러 온 사나이를 만났던 일이 머리에 떠올랐다. 또 버찌 씨의 풍미가 나던 키르슈[37]의 맛이 기억났다. 그리고 딱딱하게 얼어붙은 땅 위에 쌓인 가루눈을 휘날리면서 미끄러지며 "히호! 롤리는 부르짖었네!" 하고 노래 부르면서 가파른 골짜기로 마지막 코스를 달려가다 다시 길을 바로잡고 과수원을 세 번 돌아 빠져나와 도랑을 넘어서 숙소 뒤 빙판 길로 나오던 일도 생각났다. 동여맨 끈을 툭툭 쳐서 느슨하게 하고 스키를 집어던지듯 벗어서 숙소 판자벽에 기대 놓으면 창문에서는 램프 불빛이 흘러나오고, 집 안에서는 담배 연기와 새 포도주 냄새가 풍기는 따뜻한 분위기 속에서 사람들이 아코디언을 연주했다.

"파리에선 어디에 머물렀죠?" 지금은 아프리카에서, 자

---

31 파수비오, 페르티카라, 아살로네는 이탈리아 북부에 위치한 도시들.
32 이탈리아 중동부 페루기아에 위치한 산.
33 이탈리아 비첸차 북서부 고원에 위치한 일곱 자치구.
34 비첸차에 위치한 도시.
35 둘 다 오스트리아 티롤 지방에 위치한 겨울 휴양지.
36 포어아를베르크에 있는 마을.
37 버찌를 증류한 과일 브랜디.

기 옆 캔버스 의자에 앉아 있는 여자에게 그가 물었다.

"크리용38예요. 당신도 알잖아요."

"내가 어떻게 안단 말인가요?"

"우린 언제나 그곳에 머물렀으니까요."

"아냐, 언제나 머무른 건 아니었어요."

"그곳하고, 생제르맹 거리에 있는 앙리 4세관(館) 두 군데
였죠. 당신은 그곳이 좋다고 말했는걸요."

"사랑은 똥 더미고, 난 그 똥 더미 위에 올라앉아서 우는
수탉이죠.39" 해리가 말했다.

"당신이 가야 한다고 해서 당신 뒤에 남는 것들까지 죄다
때려 부술 필요 있나요? 내 말은요, 그러니까 모든 걸 갖고 가
야만 하는 거냐고요? 당신이 타던 말도 아내도 다 죽이고, 안
장도 갑옷도 다 불살라 버려야 하는 거예요?" 그녀가 따졌다.

"그래 맞아. 당신의 그 빌어먹을 돈이 바로 내 갑옷이었어
요. 내 스위프트40며 내 아머41였죠." 그가 대꾸했다.

"그만둬요."

"좋아, 그만두죠. 더는 당신을 괴롭히고 싶지 않으니까."

"이제는 좀 늦었어요."

"그렇다면 좋아, 좀 더 괴롭혀 줄까요. 그게 더 재미있는

---

38 유럽에서 가장 큰 호텔 중의 하나.

39 "자기 똥 더미 위에 올라서면 모든 수탉은 소리 내어 운다."라는 서양 속담을 염
    두에 두고 한 말이다.

40 구스타부스 프랭클린 스위프트(Gustavus Franklin Swift, 1839~1903): 육류 포
    장업으로 큰돈을 번 시카고의 대부호.

41 필립 댄포스 아머(Phillip Danforth Armour, 1832~1901): 육류 포장업으로 막대
    한 돈을 번 미국의 사업가. '아머(Armour)'라는 이름과 앞에 나온 갑옷을 뜻하는
    '아머(armour)'가 동음이의어인 점을 살린 말장난이다.

데. 당신과 정말로 좋아서 하던 그 한 가지마저도 이제는 못하게 됐군요."

"아녜요. 그건 사실이 아녜요. 당신은 여러 가지 일을 좋아했고, 당신이 하고 싶은 일이라면 전 뭐든지 했는걸요."

"아, 제발 자기 자랑은 그만두는 게 어때요?"

그는 여자를 쳐다보았고, 여자는 울고 있었다.

"이봐, 당신은 내가 장난으로 이런 말을 하고 있다고 생각하는 거예요?" 그가 말했다. "나도 내가 왜 이러는지 모르겠어. 자기 삶을 유지하려고 남을 해치는 건 괴로운 일이야. 얘기를 시작할 적엔 나도 괜찮았어. 이런 식으로 시작할 의도는 아니었는데 이제는 완전히 돌아 버렸어. 그래서 당신에게 최대한 잔인하게 구는 거예요. 그러니 내가 무슨 말을 하든 조금도 신경 쓰지 말아요. 정말 당신을 사랑해요. 여태껏 당신을 사랑한 것만큼 다른 누구를 사랑해 본 적이 없어요."

그는 자기도 모르는 사이에 식은 죽 먹듯 입버릇처럼 해오던 거짓말을 하기 시작했다.

"당신은 내게 참 다정해요."

"요 암캐 같은 년! 이 돈 많은 암캐 년! 이건 시(詩)예요. 내 머릿속엔 지금 시가 가득해. 헛소리와 시가……. 헛소리 같은 시라고나 할까." 그가 말했다.

"그만둬요. 해리, 어째서 당신은 자꾸만 악마로 변해 가는 거죠?"

"난 뭐든 남겨 두고 가긴 싫어요. 그 무엇도 남기고 가기 싫다고." 그가 내뱉었다.

어느덧 저녁이 되었고 그는 이제 잠이 들었다. 태양이 언덕 너머로 지면서 벌판을 가로질러 그늘이 뒤덮였고, 조그마한 짐승들이 캠프 근처에서 먹이를 먹고 있었다. 그는 짐승들이 머리를 재빨리 떨어뜨리고 꼬리를 휘휘 저으면서 이제는 수풀에서 꽤 먼 이곳까지 와 있는 것을 지켜보았다. 새들은 더 이상 땅 위에 있지 않았다. 모두가 나무 위에 육중한 모습으로 올라가 앉아 있었다. 전보다 숫자가 훨씬 불어나 있었다. 몸시중을 드는 소년이 그의 옆에 앉아 있었다.

"멤사힙[42]은 사냥 가셨어요. 브와나, 뭘 도와 드릴까요?" 소년이 물었다.

"아니, 도와줄 거 없어."

여자는 식사거리로 짐승을 잡으러 갔다. 그가 사냥 구경을 좋아하는 건 잘 알았지만 그가 바라볼 수 있는 이 수풀 속의 작은 골짜기 같은 지역을 소란스럽게 하지 않으려고 먼 곳으로 갔던 것이다. 언제나 생각이 깊은 여자지, 하고 그는 생각했다. 알고 있는 것이며, 책에서 읽은 것이며, 또 들은 것에 대해 무엇이든 사려 깊은 여자였다.

그가 그녀에게 접근했을 때 작가로서의 생명이 이미 끝나 있었던 것은 그녀의 책임이 아니었다. 남자가 마음에도 없는 소리를 늘어놓고 있다는 것을 여자가 어떻게 알았겠는가? 그저 입버릇처럼 말하고 편안하려고 지껄인다는 것을 여자가

---

42 '마님'이라는 뜻으로, 원래 인도에서 백인 지배층 부인에게 붙이는 호칭이 널리 퍼져 일반화되었다.

어떻게 알 수 있었겠는가? 그가 마음에도 없는 소리를 지껄인 뒤부터 그의 거짓말은 오히려 진실을 얘기할 때보다 여자들에게 더 효력을 발휘했다.

거짓말을 한 것이 아니라 그에겐 얘기할 만한 진실이 별로 없었다. 그는 마음껏 삶을 즐겼고 이제는 그것도 끝나 버렸다. 그러고 나서 그는 다른 종류의 사람들과 더 많은 돈, 같은 장소라도 최상의 사람들 그리고 새로운 사람들과 어울려 다시금 삶을 계속했던 것이다.

정말 신통하게도 그는 생각하기를 단념했다. 내면이 단단하다 보니 대부분의 사람처럼 정신적으로 파산에 빠지는 일은 없었다. 이제 더 할 수도 없게 되었으니 지금까지 해 오던 일에 대해서는 조금도 흥미가 없는 듯한 태도를 취했다. 그러면서도 속마음으로는 언젠가 이 사람들, 엄청난 부자들에 대한 얘기를 써 보리라고 중얼거렸다. 너는 실제로 그들에 속한 사람이 아니고 다만 그들 사회의 스파이에 지나지 않는다고, 그러기에 그 사회를 떠나 그것에 대해 작품을 써 보리라고 말이다. 언제든 한번은 자신의 소재를 잘 아는 누군가가 그것에 대해 쓰게 되리라고 그는 생각했다. 그러면서도 그는 결코 쓸 생각을 하지 않았다. 아무것도 쓰지 않고 안일만을 추구하며 자신이 경멸해 마지않는 그런 인간이 되어 보낸 하루하루의 생활은 그의 재능을 우둔하게 만들었고 집필에 대한 의욕마저 약화시켰다. 그래서 결국 그는 아무것도 쓰지 못하게 되고 말았던 것이다. 그가 지금 알고 지내는 사람들은 하나같이 글을 쓰지 않을 때 훨씬 편하게 만날 수 있는 인물들이다. 아프리카는 그가 잘나가던 시절에 좀 더 행복하게 지내던 곳이라 이곳에서 새 출발을 하기 위해 그는 이곳으로 왔다. 그래서 이번 사파리 여행에서는 안락을 최소한으로 줄였다. 고생스러운 일은 없었지만 호화스러운 사치도 없었다. 이렇게 함으로써 그는 다시 단련된 생활로 돌아갈 수 있으리라고 생각했다. 이런 식으로 그는 마치 권투 선수가 자기 육체의 지방을 없애기 위해 산속으로 들어가 노동하고 훈련하듯이 자신도 영혼에 붙은 비곗살을 제거할 수 있으리라고 생각했던 것이다.

여자도 그런 생활을 좋아했다. 자극적이고 장면이 바뀌는 일이라면 무엇이든, 또 새로운 사람들을 만나고 재미있는 일이 생기면 무엇이든 좋아한다고 말했다. 그래서 그는 창작 의지가 되살아나는 것 같은 착각에 빠져 있었다. 그러나 지금 이런 식으로 삶을 마쳐야 한다 해도(그 자신도 그 사실을 잘 알고 있었다.) 제 등뼈가 부러졌다고 자신의 몸뚱이를 물어뜯는 뱀처럼 자기 스스로에게 맞서서는 안 될 일이었다. 이 여자에게는 잘못이 없었다. 이 여자가 아니었더라면 다른 여자가 문제의 발단이 되었을 것이다. 거짓말로 이어 왔으니 죽을 때도 거짓말을 해야 할 것 아닌가. 그때 언덕 저 너머에서 총성이 한 발 들려왔다.

여자는 사격을 아주 잘했다. 이 착하고 돈 많은 암캐, 그의 재능을 친절하게 관리해 주는 사람이자 파괴자. 이 무슨 허튼소리라는 말인가! 그의 재능은 그 자신이 파괴하지 않았던가. 너를 잘 보살펴 주었다는 이유로 왜 그 여자가 비난을 받아야 한단 말인가? 그가 자신의 재능을 망치고 만 것은 그 재능을 활용하지 않았기 때문이고, 자신을 배신하고 자기가 믿는 바를 배신했기 때문이며, 지각의 칼날이 무디어질 정도로 술을 과하게 마셨기 때문이고, 나태와 안일과 속물근성 때문이고, 교만과 편견과 온갖 수단과 방법 때문이 아닌가? 도대체

이건 뭐라는 말인가? 고서(古書)의 목록인가? 도대체 그의 재능이란 어떤 것인가? 그것은 하나의 재능임에 틀림없었지만, 그는 그것을 활용하는 대신 악용했던 것이다. 그의 재능이란 그가 단 한 번이라도 실제로 성취한 것이 아니라 언제든지 하면 이룰 수 있다는, 잠재적 가능성이었다. 그리고 그가 생활하기 위해 선택한 것은 펜이나 연필이 아니고 다른 그 무엇이었다. 그가 새로 사랑하게 되는 여자가 지난번 여자보다 으레 돈이 많은 사람이었다는 것은 이상한 일 아닌가? 그러나 그녀는 누구보다도 가장 돈이 많고, 모든 돈을 갖고 있었으며, 과거에는 남편과 자식들이 있었고 애인들도 있었지만 그들에게 만족하지 못했으며, 지금 그를 한 작가로서, 한 남성으로서, 한 친구로서, 또는 자랑스러운 하나의 소유물로서 극진히 사랑하고 있었다. 그 여자를 전혀 사랑하지도 않고 오직 거짓말만 일삼고 있는 바로 지금, 그가 진실로 그녀를 사랑하던 때보다도 그 여자가 가진 돈의 대가로 그녀에게 더 많은 것을 줄 수 있다니 참으로 불가사의한 일이었다.

우리는 모두 우리가 하는 일에 맞게 태어나야 하는 거야, 하고 그는 생각했다. 어떤 방식으로 생계를 이어 가든 거기에는 각자의 재능이 있는 거지. 그는 지금까지 살면서 이런저런 형태로 자신의 생명력을 팔아 왔다. 애정에 너무 깊이 빠지지 않아야 금전을 제대로 평가하는 법이다. 그는 그 사실을 알아차렸지만 지금 역시 그것에 대해 작품을 쓸 수는 없었다. 쓸 만한 가치가 아무리 충분하다 해도 쓰고 싶지 않았다.

바로 그때 그녀의 모습이 시야에 들어왔다. 빈터를 가로질러 캠프 쪽으로 걸어오고 있었다. 그녀는 승마용 바지를 입고 엽총을 들고 있었다. 소년 둘이 숫양 한 마리를 어깨에 걸

메고 여자 뒤를 따라왔다. 아직 얼굴이 예쁘고 몸매도 아름답군, 하고 그는 생각했다. 잠자리에서도 훌륭한 기술과 감수성을 발휘하지. 미인은 아니지만 그는 그녀의 얼굴이 마음에 들었다. 상당한 독서가인 데다 승마와 사냥을 좋아했고 누가 봐도 지나치게 술을 마셨다. 여자의 남편은 그녀가 비교적 젊었을 때 세상을 떠났으며, 한동안 그녀는 이제 막 자라나던 두 아이들에게만 몰두했다. 하지만 애들은 어머니를 필요로 하지 않았고 그녀가 옆에 있는 것을 귀찮아했다. 그래서 그녀는 승마와 독서와 술에 빠져 지냈다. 저녁 식사 전 오후에는 독서를 즐겼고, 책을 읽으며 위스키소다를 마셨다. 식사 무렵엔 상당히 취하게 되었고 식사 때 포도주 한 병을 더 마시고 나면 보통 만취해서 잠들곤 했다.

그것은 애인들이 생기기 전의 일이었다. 애인들이 생긴 뒤로는 과음까지는 하지 않았는데 굳이 술에 취해서 잠들 필요가 없었기 때문이다. 그러나 애인들은 이 여자를 싫증 나게 했다. 결혼했던 예전 남자는 한 번도 그녀를 싫증 나게 한 적이 없었는데 이 사람들은 정말 그녀를 싫증 나게 했다.

그때 두 아이 중 하나가 비행기 추락 사고로 사망했다. 그 일이 있은 뒤로는 애인을 갖고 싶지 않은 데다 술도 마취제가 되지 않았기 때문에 그녀는 다른 삶을 살아야 했다. 갑자기 자신이 고독하다는 것을 느끼고 그녀는 소스라치게 놀랐다. 그녀에게는 이제 존경을 바칠 남자가 필요했다.

일은 지극히 단순하게 시작되었다. 그녀는 그의 작품을 좋아했고, 그가 영위하는 삶을 늘 부러워했다. 그야말로 자기가 원하는 일을 하고 있다고 생각했다. 그녀가 그를 손에 넣은 절차와 마침내 그와 사랑에 빠지게 된 경위는, 그녀로서는 자신을 위해 새로운 삶을 이룩하고, 또 그로서는 자신의 지난 삶 중에서 잔재를 팔아 버린 통상적인 과정의 일부에 지나지 않았다.

그가 그것을 판 것은 생활의 안정과 안락을 얻기 위해서였다. 그것은 부인할 수 없는 일이었다. 그 밖에 달리 무엇이 있을 수 있단 말인가? 자신도 알 수 없는 일이었다. 그녀는 그가 원하는 것이라면 뭐든지 사 주었을 것이다. 그도 그것을 잘 알고 있었다. 게다가 그녀는 대단히 멋진 여자였다. 그는 다른 어느 누구보다 그 여자와 잠자리를 함께하고 싶었다. 다른 여자보다 그녀 쪽을 택하고 싶었던 것은 그녀가 누구보다 돈이 많은 데다 아주 유쾌하며 감수성이 풍부했고, 추태를 벌이는 일도 없었기 때문이었다. 그런데 이 여자가 다시 만들어 준 이 삶이 지금 종말을 향해 치닫고 있었다. 이 주 전 영양(羚羊) 떼가 머리를 치켜들고 콧구멍을 벌름거리면서 귀를 쭉 뻗고는 무슨 소리만 나면 숲 속으로 도망쳐 들어갈 태세로 서 있는 모습을 카메라에 담으려고 앞으로 나아가다가 그만 가시에 긁힌 무릎을 제때 소독하지 않았기 때문이었다. 미처 사진을 찍기도 전에 영양들은 갑작스럽게 달아나 버리고 말았다.

그때 여자가 가까이 다가왔다.

그는 간이침대 위에서 머리를 돌려 여자 쪽을 바라다보았다. "여보!" 그가 불렀다.

"숫양 한 마리를 잡았어요. 당신에게 좋은 수프거리가 될 거예요. 아이들에게 클림[43]과 함께 감자를 으깨도록 시킬게요. 한데 기분은 어때요?"

43 미국산 가루우유 상표.

"훨씬 좋아졌어요."

"그러니까 얼마나 좋아요? 나도 좋아질 거라고 생각했어요. 내가 사냥 나갈 때 당신은 자고 있더군요."

"한잠 잘 잤어요. 멀리 갔었나요?"

"아뇨. 저 언덕 뒤쪽으로 돌아갔다만 왔어요. 양을 한 방에 멋지게 맞혔어요."

"사격 솜씨가 정말 대단해."

"내가 사냥을 좋아하잖아요. 그래서 아프리카가 좋아요. 정말이에요. 당신 몸만 성하면 사냥이야말로 이 세상에서 제일 재미있을 텐데. 당신과 함께 사냥 떠나는 게 얼마나 재미있었는지 당신은 모를 거예요. 난 이 지방이 좋아졌어요."

"나도 좋아요."

"여보, 당신 기분이 좋아진 걸 보니 얼마나 기쁜지 몰라요. 당신이 아까 같은 기분이라면 정말 견딜 수 없을 것 같아요. 다시는 내게 그런 식으로 말하지 않을 거죠? 약속해 주는 거죠?"

"그래, 약속해요. 내가 무슨 말을 했는지 기억이 안 나지만……." 그가 대답했다.

"나를 짓밟을 필요는 없잖아요. 안 그래요? 난 당신을 사랑하고 또 당신이 원하는 것을 해 주고 싶은 중년 여자일 뿐이에요. 그런데도 당신은 벌써 두세 번이나 나를 짓밟았어요. 그러니 다시는 짓밟지 않을 거죠?"

"당신을 잠자리에서 두서너 번 늘씬하게 짓밟아 주고 싶군요." 그가 말했다.

"그렇게 해요. 그거야말로 기분 좋게 짓밟히는 것이죠. 우린 그렇게 짓밟히도록 만들어져 있는걸요. 내일은 비행기가 도착할 거예요."

"그걸 어떻게 알죠?"

"확실해요. 오기로 돼 있으니까요. 아이들은 벌써 나무를 베고 연막을 피워 올릴 풀을 준비해 놨어요. 오늘도 아래쪽에 내려가 보고 왔는걸요. 비행기가 착륙할 땅도 충분하고, 양쪽 끝에 연막을 피워 올릴 준비도 해 놨어요."

"왜 비행기가 내일 온다고 생각하는 거죠?"

"꼭 올 거예요. 이미 예정된 날짜가 지났잖아요. 그러면 읍 내에 가서 당신 다리를 치료하고, 그러고 나선 우리 둘이서 멋지게 서로를 짓밟기로 해요. 전처럼 끔찍한 말은 하지 말고요."

"같이 술이나 한잔할까요? 해도 저물었으니."

"꼭 한잔해야겠어요?"

"이미 한잔했는걸."

"그럼 한 잔씩 같이 마셔요. 몰로, 레티 두이 위스키소 다!⁴⁴" 그녀가 소리를 질렀다.

"모기 물리지 않게 장화를 신는 게 좋을걸." 그가 그녀에게 말했다.

"기다리고 있다가 목욕한 뒤에……."

어둠이 점점 짙어 가는 동안 두 사람은 술을 마셨다. 아주 캄캄해지기 직전, 이미 총을 쏠 수 없을 만큼 햇빛이 잦아들었을 때 하이에나 한 마리가 들판을 가로질러 언덕을 돌아 제 길을 갔다.

"저 빌어먹을 놈은 매일 밤 저기를 가로질러 가는군." 사내가 말했다. "두 주일 동안 매일 밤 말이야."

"밤에 소리를 지르는 게 저놈이로군요. 난 상관하지 않아

---

44 "위스키소다 두 잔을 가져와!" 영어를 섞어 사용한 아프리카어.

요. 하지만 징그러운 짐승이에요."

함께 술을 마시면서 같은 자리에 누워 있는 게 불편하다는 것을 제외하고는 아무런 고통도 느끼지 않은 채, 또 소년들이 불을 피우자 그림자가 텐트 위에서 너울너울 춤을 추는 가운데, 그는 이승의 모든 것을 유쾌하게 묵묵히 체념하고 싶은 기분이 되살아나는 것을 느꼈다. 그녀는 정말로 그에게 친절하게 대해 주었다. 그런데 오늘 오후 그는 부당하고 잔인하게 굴었던 것이다. 그녀는 멋지고, 정말로 훌륭한 여자였다. 그러나 바로 그때 자신이 죽을 것이라는 생각이 갑자기 그의 머리를 스쳐 갔다.

그 생각은 갑자기 떠올랐다. 물이 세차게 흐르거나 바람이 불어닥치듯 그렇게 온 것이 아니라, 느닷없이 고약한 냄새를 풍기는 공허감처럼 갑자기 내습한 것이다. 그런데 이상야릇하게도 하이에나가 그 공허감의 한 끝자락을 따라 미끄러지듯이 가볍게 스쳐 가는 게 아닌가.

"왜 그래요, 해리?" 그녀가 그에게 물었다.

"아무것도 아녜요. 당신은 반대쪽으로 자리를 옮기는 게 좋겠어요. 바람이 불어오는 쪽으로 말예요." 그가 말했다.

"몰로가 붕대를 갈아 줬나요?"

"응. 지금은 붕산만 쓰고 있죠."

"기분은 좀 어때요?"

"조금 어지러워요."

"목욕을 해야겠어요. 곧 올게요. 같이 식사하고 침상을 안으로 들여놓기로 해요." 그녀가 말했다.

입씨름을 그만둔 건 참 잘한 일이야, 하고 사내는 혼잣말로 중얼거렸다. 이 여자와는 그다지 싸움을 하지 않았다. 그가 사랑했던 다른 여자들과는 싸움이 너무 잦아서 부식 작용처럼 언제나 그들이 서로 공유하고 있던 것까지 갉아먹곤 했다. 그는 너무 많이 사랑했고, 너무 많은 것을 요구했고, 그래서 그 모든 것을 마모시켜 버렸던 것이다.

그는 파리에서 싸움을 한 뒤에 콘스탄티노플로 혼자 갔던 때의 일을 떠올렸다. 그곳에 있는 동안 그는 줄곧 창녀들과 지냈고, 그 짓도 지치자 마음의 고독이 억제되기는커녕 더욱더 심해졌다. 그러자 그는 첫 번째 여자, 자기를 버리고 달아난 그 여자에게 도저히 쓸쓸한 마음을 억제할 수 없다고 편지를 써 보냈다……. 언젠가 한번은 레장스[45] 밖에서 그녀를 본 것 같은 생각이 들어 깜짝 놀라서 기절할 것만 같았다든지, 속이 울렁거렸다든지, 어딘지 모르게 그녀와 비슷한 여자를 불바르[46]에서 만나 뒤따라가 보려고도 했지만 혹시 그녀가 아니면 어쩌나 하는 생각이 들고 기분을 망칠까 봐 두려웠다든지 하고 말이다. 어떤 여자를 데리고 자도 그녀가 더욱 그리워지기만 할 뿐이라고도 했다. 그녀를 사랑하는 마음을 도저히 버릴 수 없다는 사실을 알게 된 이후 지금까지 지난날 그녀의 처사는 조금도 문제가 되지 않는다고도 했다. 그는 아주 말짱한 기분으로 클럽에서 이 편지를 써서 뉴욕으로 부치면서 답장은 파리의 자기 사무소로 보내 달라고 부탁했다. 그러는 편이 안전할 것 같았다. 그리고 그날 밤은 그녀가 너무 그리워 공허할 정도로 마음이 울렁거려 막심[47] 레스토랑 위쪽을 배회하다 여자 하나를 꾀어 같이 저녁 식사를 하려고 데리고 갔다. 식사를 마친 뒤에 춤을 추러 갔지만 여자의 춤이 서툴러서 기분

---

45 파리에 있는 고급 호텔.

46 파리 상젤리제 대로.

47 파리 루아얄 가(街)에 있는 레스토랑 겸 카페.

이 나지 않아 정열적인 아르메니아 창녀로 상대를 바꾸었는데, 그녀가 어찌나 배를 비벼 대는지 불이 날 지경이었다. 그녀는 영국 포병대 장교와 싸운 끝에 빼앗은 여자였다. 장교는 그에게 밖으로 나가자고 했고, 두 사람은 컴컴한 어둠 속 자갈길 위에서 격투를 벌였다. 그가 포병대 장교의 턱 옆쪽을 두 번이나 세게 갈겼는데도 그놈이 나가떨어지지 않자 그는 본격적으로 싸움이 시작된 것을 알았다. 상대는 그의 몸통을 갈기고 이어 눈언저리를 때렸다. 그는 다시 왼손을 치켜들어 장교를 한 대 갈겼다. 그러자 장교는 그의 위에 엎어지며 그의 윗도리를 움켜쥐더니 소매를 잡아 찢었다. 그는 포병 장교의 뒤통수를 두 번 갈기고 이어 그를 떼밀면서 후려갈기자 장교는 머리를 땅에 부딪히며 나자빠졌다. 그때 헌병들이 달려오는 소리가 들렸기 때문에 그는 여자를 데리고 달아났다. 택시를 잡아타고 보스포루스 해협[48]을 따라 루멜리 히사르[49]를 향해 달렸다. 그리고 그곳을 한 바퀴 돌고는 시원한 밤공기를 마시며 되돌아와 잠자리에 들었다. 그 여자는 겉모습만큼이나 너무 무르익은 감이 있었지만 부드럽고 장미꽃잎 같고 시럽처럼 끈적끈적하고 반들반들한 배에 젖통이 크고 엉덩이에 베개를 벨 필요가 없었다. 아침 첫 햇살에 정말 망측한 모습으로 여자가 눈을 뜨기 전에 그는 그곳을 나와 버렸다. 그는 눈자위에 검은 멍이 든 채 페라팔리스 호텔에 나타났다. 한쪽 소매가 없었기 때문에 윗도리는 손에 들고 있었다.

같은 날 밤 그는 아나톨리아[50]를 향해 출발했다. 그 여행이 끝날 무렵 아편을 얻으려고 누군가가 재배하는 양귀비 밭을 온종일 말을

---

48 아시아와 유럽을 가르는 해협으로 낭만주의 시인들이 이 해협을 헤엄쳐 횡단하려 했던 것으로 유명하다.

49 이스탄불의 요새.

50 흑해와 지중해 사이의 평원 지대.

타고 달렸던 일이 생각났다. 그러자 점차 이상한 느낌이 들더니 마침 내 방향 감각이 엉망이 되고 말았다. 이곳은 적들이 새로 도착한 콘스 탄틴의 장교들[51]과 합세하여 공격을 해 온 장소였다. 그 장교들은 전 쟁에 대해서는 아무것도 모르는 그야말로 신참 병사였다. 포병대는 그 부대에 포격을 가하고 있었고, 영국의 관측 장교는 어린애처럼 고 래고래 소리를 지르고 있었다.

그는 그날 흰 발레 스커트 같은 것을 입고 장식 술이 달린 장화를 신은 전사자들을 처음 보았다. 터키 군대가 쉴 새 없이 떼를 지어 왔 고, 스커트 입은 병사들이 도망치자 장교들은 그들을 향해 권총을 쏘 아 대고 이어 장교들 자신도 도망치는 것이 보였다. 그도 관측 장교와 함께 도망을 쳤는데 마침내 숨이 차고 입안은 마치 동전을 씹은 것 같 은 냄새로 가득 차는 듯했다. 그들이 바위 뒤에 숨어도 터키 병사들은 여전히 떼를 지어 쳐들어왔다. 그 뒤 그는 상상할 수도 없을 만큼 끔 찍한 광경을 보았고, 좀 더 뒤에는 이보다 훨씬 끔찍한 광경을 보고 말았다. 그래서 파리에 돌아왔을 때 그런 이야기는 누구에게도 말하 지 않았고, 누가 말하는 것을 듣는 것조차 참지 못했다. 그가 지나가 는 길에 보니 카페에는 커피 잔을 앞에 놓고 감자 모양의 얼굴에 멍청 한 표정을 짓고 있는 미국인 시인 한 사람이 있었다. 그는 이름이 트 리스탄 차라[52]라고 하는 어떤 루마니아 사람과 다다이즘 운동에 관 해 얘기하고 있었다. 언제나 외알 안경을 쓴 그 루마니아인은 늘 두통 에 시달렸다. 그는 아내가 있는 아파트로 돌아갔다. 아내를 다시 사 랑하기 시작했다. 싸움도 깨끗이 끝나고 미친 듯한 광기도 사라지고

---

51 콘스탄틴은 당시 그리스 왕의 이름으로, 그리스 장교들을 뜻한다.

52 트리스탄 차라(Tristan Tzara, 1896~1963): 루마니아 출신의 시인으로 전위 예 술 운동인 다다이즘을 일으켰다.

이제는 안락한 가정에 있는 것이 좋았다. 그리고 사무소에서도 우편물을 아파트로 회송했다. 그런데 어느 날 아침 그가 편지를 보낸 그 여자한테서 온 답장이 쟁반에 놓여서 왔다. 필적을 본 그는 가슴이 철렁하여 서둘러 편지를 다른 편지 밑에 쑤셔 넣으려고 했다. 그러나 아내가 말했다. "여보, 그 편지 누구한테서 온 거예요?" 이 일로 새로운 생활의 시작은 끝장나고 말았다.

그는 모든 여자와 함께 지낸 즐거운 시절과 싸움을 했던 일도 회상했다. 그들은 언제나 싸움하기에 알맞은 장소를 택하곤 했다. 그런데 기분이 제일 좋은 때 언제나 싸움이 벌어진 것은 도대체 무슨 까닭일까? 그 싸움에 관해서도 그는 아직 작품을 쓴 적이 없다. 첫째는 그 대상이 누구든지 남을 중상하기 싫어서였고, 다음으로는 그것 말고도 얼마든지 쓸 거리가 있을 것 같았기 때문이다. 그러나 언젠가는 꼭 쓸 때가 오리라고 생각했다. 작품으로 쓸 것은 참으로 많았다. 그는 이 세상이 변하는 모습을 보아 왔다. 그것은 단순한 사건이 아니었다. 수많은 사건을 보고 사람들도 관찰해 왔지만, 그것보다는 세상의 미묘한 변화를 읽었던 것이다. 그는 시대의 변화에 따라 사람이 어떻게 달라지는지 기억할 수 있었다. 바로 그 현장에 있었고 그것을 관찰해 왔기 때문에 그것에 대해 쓰는 것은 그의 의무였다. 하지만 이제는 그것에 대해 영원히 쓰지 못할 것이다.

"기분은 좀 어때요?" 그녀가 물었다. 목욕을 마치고 텐트에서 나오는 참이었다.

"좋아요."

"그럼 식사할까요?" 그녀 뒤에서 몰로가 접이식 식탁을 들고 있었고, 다른 소년은 수프가 담긴 접시를 들고 서 있었다.

"글을 쓰고 싶군." 그가 말했다.

"수프라도 좀 들고 기운을 차려야 해요."

"난 오늘 밤 죽을 거예요. 그러니 기운 차릴 필요는 없어요." 그가 대꾸했다.

"해리, 제발 과장 좀 하지 마요."

"당신 코는 도대체 어디에 쓸 작정이죠. 내 넓적다리는 이제 반쯤 썩어 문드러졌다고. 빌어먹을, 수프 따위를 뭣 때문에 먹어야 하지? 몰로, 위스키소다를 가져와."

"제발 수프를 들어요." 그녀가 상냥하게 말했다.

"그래, 먹을게요."

수프는 뜨거웠다. 먹기 좋을 만큼 식을 때까지 컵을 손에 들고 있어야 했다. 그러고 나서 그는 군소리 없이 수프를 삼켜 넘겼다.

"당신은 훌륭한 여자예요. 나한테 신경 쓰지 말아요." 그가 말했다.

그녀는 《스퍼》나 《타운 앤드 컨트리》[53] 같은 잡지에서 볼 수 있었던, 친근하고 호감을 주는 표정으로 그를 쳐다보았다. 과음과 지나친 잠자리 때문에 얼굴이 조금 상하기는 했지만, 《타운 앤드 컨트리》 같은 잡지에서도 그런 탐스러운 젖가슴이며, 쓸모 있는 넓적다리며, 등허리 부분을 부드럽게 애무하는 가벼운 손은 볼 수 없었다. 그녀를 바라보면서 그녀의 친근하고 아름다운 미소를 보는 순간 그는 다시 죽음이 다가오는 것을 느꼈다. 이번에는 갑자기 닥친 것이 아니었다. 촛불을 사르르 흔들어 불꽃을 가늘고 길게 피어나게 하는 바람처럼 불어왔다.

53　20세기 중엽 상류 사회 독자를 위한 고급 잡지.

"나중에 아이들더러 모기장을 가져오라 해서 나뭇가지에 매달도록 하고 불을 피워 줘요. 오늘 밤은 텐트에 들어가지 않겠어요. 움직여 봤자 별수 없으니까. 오늘 밤은 날씨가 맑아서 비가 내릴 리도 없고요."

이처럼 사람들은 귀에 잘 들리지 않는 속삭임 속에서 죽어 가는 것이다. 그렇다, 이제는 더 이상 싸우지도 않을 것이다. 그것만은 약속할 수 있다. 이제까지 겪어 보지 못한 이 한 가지를 그는 엉망으로 만들고 싶지 않았다. 하지만 어쩌면 이것마저 엉망으로 만들어 버릴지도 모른다. 넌 모든 것을 엉망으로 만들어 버렸잖아. 하지만 어쩌면 그는 그렇게 엉망으로 만들어 버리지 않을지도 모른다.

"당신 받아쓰기는 못 하겠죠?"

"한 번도 해 본 적 없어요." 그녀가 대답했다.

"그럼 좋아요."

물론 망원경의 초점을 맞춰 넓은 시야를 압축하듯이, 올바로 다룰 수만 있다면 모든 것을 한 단락 속에 압축할 수 있을 것도 같았지만 이제는 그럴 만한 시간이 없었다.

호수 위 언덕에, 갈라진 틈을 흰 모르타르로 바른 통나무 오두막집이 한 채 있었다. 문 옆에 서 있는 장대에는 식사 시간을 알리는 종이 매달려 있었다. 집 뒤에는 들판이 있고 그 들판 뒤에는 숲이 있었다. 롬바르디아 종(種) 미루나무가 집에서부터 호숫가 선창에 이르기까지 한 줄로 죽 늘어서 있었다. 다른 미루나무들은 곶을 따라 늘어서 있었다. 한 줄기 길이 숲 가장자리를 따라 언덕 위로 뻗어 있고 그는 이 길을 따라 걸으며 블랙베리를 따곤 했다. 뒤에 그 통나무 오두막집은 불에 타 버렸고, 사슴 발로 만든 총걸이에 걸린 난로 위의 총들도 타 버리고 말았다. 나중에 보니 탄창의 틴환은 녹아 내렸고 개머리판도 타서 총신이 잿더미 위에 나뒹굴고 있었다. 그 잿더미는 큼직한 세탁용 무쇠 솥에서 쓸 잿물을 만드는 데 사용되었다. 타다 남은 총신을 갖고 놀아도 괜찮으냐고 물으면 할아버지는 안 된다고 했다. 타 버리기는 했어도 역시 자기 총이라고 했고, 그 뒤로도 할아버지는 다시는 총을 사지 않았다. 이번에는 같은 장소에 판자로 다시 집을 짓고 하얗게 칠을 했다. 현관에서는 미루나무와 건너편 호수가 보였다. 그러나 이제 더 이상 총들은 없었다. 통나무 오두막집 벽 사슴 발 총걸이에 걸려 있던 총신은 이제 잿더미 위에 구르고 있었지만 누구 하나 손대는 사람이 없었다.

전쟁 뒤 우리는 슈바르츠발트[54]에서 송어 낚시터를 빌린 적이 있는데 그곳에 가는 길은 두 가지였다. 그중 하나는 트리베르크에서 골짜기로 내려가 하얀 도로 옆에 자라는 나무 그늘 골짜기 길을 돌아 언덕으로 뻗은 샛길로 올라가서 슈바르츠발트풍의 큰 집들이 있는 조그마한 농장을 몇 개 지나면 마침내 그 길이 개울을 가로질렀다. 그곳이 바로 우리가 낚시질을 시작하던 곳이다.

또 다른 길은 숲 변두리까지 험한 언덕길을 올라가 소나무 숲을 뚫고 언덕 꼭대기를 넘어서 초원 언저리로 나와 다시 이 초원을 가로질러 다리 쪽으로 내려가는 길이다. 그리 크지 않고 좁아서 물이 맑고 물살이 빠른 개울을 따라 자작나무가 자랐다. 자작나무 뿌리 밑, 물결에 파인 곳은 연못을 이루었다. 트리베르크의 호텔 주인에게는 경기가 좋은 계절이었다. 매우 쾌적한 곳이라 모두들 친구처럼 잘 지냈다. 그 이듬해 인플레이션이 닥쳤고, 지난해에 번 돈으로는 호텔을 여는 데 필요한 물자를 사들일 수가 없게 되자 주인은 목을 매 자살했다.

---

54 독일 서남부의 삼림 지대로 흔히 '흑림'이라고 한다.

이 일은 받아쓰게 할 수 있지만 콩트르스카르프 광장에 대한 일은 받아쓰게 할 수 없을 것이다. 그곳에서는 꽃 장수들이 길에서 꽃에 물감을 들였고, 버스가 출발하는 부근의 포장도로 위에는 그 물감 물이 흘렀으며, 노인들과 여자들은 포도주와 싸구려 마르크[55]를 마시고 언제나 얼큰하게 취해 있었다. 또 아이들은 추워서 콧물을 질질 흘렸다. 카페데아마퇴르에서는 더러운 땀내와 가난과 주정뱅이의 냄새가 풍겨 나왔고, 발뮈제트[56] 위층에는 창녀들이 살고 있었다. 문지기 여자는 프랑스 공화국 국회 경비 의장대의 병사를 자기 집에서 접대하고 있었고, 말총 깃을 꽂은 그의 헬멧이 의자 위에 놓여 있었다. 복도 맞은편 방에 세 들어 사는 여자는 남편이 경륜 선수인데, 그날 아침 우유 가게에서 《로토》를 펴들고 남편이 처음 출전한 파리와 투르 간의 경주에서 3등을 한 기사를 읽으며 기쁜 표정을 짓고 있었다. 여자는 얼굴을 붉히고 낄낄 웃어 대며 노란색 스포츠 신문을 들고 뭐라고 떠들면서 2층으로 올라갔다. 발뮈제트 주인 여자의 남편은 택시 운전기사로, 해리가 일찍이 첫 비행기로 떠나야 했던 날 아침, 운전기사가 문을 흔들어 그를 깨워 준 적이 있다. 그들은 출발하기 전 술집의 함석 바에서 백포도주를 한 잔씩 마셨다. 그때 그는 부근에 사는 이웃 사람들을 잘 알고 있었는데 그것은 그들이 모두 가난했기 때문이었다.

그 광장 주위에는 두 부류의 인간, 즉 주정뱅이와 스포츠 애호가가 살고 있었다. 주정뱅이는 술에 취해 자신들의 가난을 잊었고, 스포츠 애호가는 운동에 정신이 팔려 자신들의 가난을 잊었다. 파리 코뮌 당원의 자손이었지만 그들이 정치적 문제를 이해하는 데는 전혀 어려

---

55 포도즙을 짜고 난 찌꺼기로 만든 값싼 술.
56 대중적인 댄스홀.

움이 없었다. 그들은 자기들의 부모 형제 그리고 친척과 친구를 누가 사살했는지 잘 알고 있었다. 그때는 베르사유 군대가 쳐들어와 코뮌 정부의 뒤를 이어 파리를 점령한 후에 손이 거친 사람, 모자를 쓴 사람, 그 밖에 노동자라는 표시가 있는 사람이라면 닥치는 대로 잡아 처형해 버렸다. 그래서 그런 궁핍 속에서 그리고 말고기 푸줏간과 포도주 협동조합 앞길 건너편 숙소에서 그는 자기가 쓰려던 모든 작품의 첫 부분을 썼다. 파리에서 그곳만큼 마음에 드는 곳도 없었다. 가지가 쭉 뻗은 나무들이며, 아래쪽은 갈색으로 칠하고 하얀 회반죽을 한 낡은 집들이며, 둥근 광장에 서 있는 초록빛의 긴 승합차들이며, 포장도로 위에 흐르는 자줏빛 꽃 물감이며, 카르디날 르무안 거리의 언덕에서 센 강으로 가파르게 내려가는 비탈길이며, 무프타르 거리의 비좁고 혼잡한 곳을 통과하는 또 다른 길 말이다. 팡테옹 쪽으로 올라가는 거리와 그가 늘 자전거로 다니던 또 다른 거리로, 그 구역에서는 단 하나밖에 없는 아스팔트 길이라 자전거 타이어가 매끄럽게 굴러갔다. 또 그곳에는 높고 좁은 집들이 늘어서 있고 폴 베를렌[57]이 숨을 거둔 곳이라는 싸구려 고층 호텔도 있다. 그들이 살던 아파트에는 방이 둘뿐이었고, 그는 맨 위층 방 하나를 월 60프랑에 세내어 그곳에서 글을 썼다. 그곳에서는 파리의 지붕과 굴뚝 위의 통풍관과 언덕이 모두 보였다.

아파트에서 보이는 것은 장작과 석탄 가게뿐이었다. 그곳에서는 질이 나쁜 술을 팔았다. 말고기 푸줏간 바깥에는 황금빛 말 머리가 걸려 있었고, 열린 창문에는 누런빛을 띤 붉은 말고기가 매달려 있었다. 술맛도 좋고 값도 싼 포도주를 사던, 녹색 칠을 한 협동조합도 보

---

57 폴 베를렌(Paul-Marie Verlaine, 1844~1896): 19세기 후반에 활약한 프랑스의 상징주의 시인.

였다. 그 나머지는 이웃집의 벽토를 칠한 벽과 창뿐이었다. 밤에 누군가가 술에 취해 길거리에 나자빠져 전형적인 프랑스식으로 술주정을 하며 신음 소리를 내고 끙끙거리면 이웃 사람들은 창문을 열고 뭐라고 지껄였다. 실제로는 그런 술주정이 존재하지 않는다고 귀가 따갑게 들어 왔던 것이다.

"경찰은 어디 있는 거야? 필요 없을 때는 잘도 나타나면서. 자식, 어느 문지기 여편네하고 자고 있겠지. 순경 불러와!" 그리고 마침내 누군가가 창을 열고 물 한 통을 퍼부으면, 그 신음 소리가 그친다. "이건 또 뭐야? 물이로군. 아, 이건 제법 똑똑한 방법인데." 그러고 나면 창문이 닫힌다. 그가 데리고 있던 가정부 마리는 하루 여덟 시간 노동제에 항의했다. "남편이 6시까지 일하면 집으로 돌아오는 길에 간단히 한잔 걸칠 테니 돈도 과히 낭비되지 않을 거예요. 하지만 5시에 일이 끝나면 매일 밤 취하게 되니 돈이 남아나질 않아요. 노동 시간이 단축되어 골탕 먹는 건 노동자의 아내들뿐이라고요."

"수프 좀 더 들겠어요?" 그때 여자가 물었다.

"아뇨. 어쨌든 고마워요. 맛이 참 좋았어요."

"조금 더 들어 봐요."

"위스키소다를 마시겠어요."

"그건 당신한테 좋지 않아요."

"그래. 내겐 좋지 않지. 콜 포터[58]가 그런 가사를 쓰고 작곡까지 했지. 당신이 나를 미친 듯 좋아할 거라는 걸 이렇게 알고 있었던 모양이에요."

---

58 콜 포터(Cole Albert Porter, 1891~1964): 미국의 대중가요 작곡가 및 작사가.

"알겠지만 나도 당신에게 술을 주고 싶어요."

"아, 물론 그럴 테죠. 내 몸에 나쁘다는 게 문제지만."

이 여자가 가 버리면, 원하는 만큼 마음껏 마시리라, 하고 그는 생각했다. 원하는 만큼까지는 몰라도 적어도 여기 있는 술은 다 마셔 버려야지. 그런데 아, 그는 피곤했다. 무척이나 피곤했다. 그래서 잠을 좀 자려고 했다. 그는 가만히 누웠다. 죽음은 그곳에 없었다. 틀림없이 다른 거리로 돌아서 가 버린 모양이었다. 죽음은 쌍쌍으로 짝을 지어 나란히 자전거를 타고 포도(鋪道) 위를 정말로 소리 없이 달리고 있었다.

그렇다, 그는 아직 파리에 대해 한 번도 써 본 적이 없었다. 그가 그렇게도 좋아하는 파리에 대해서 말이다. 하지만 아직 한 번도 써 본 적 없는 다른 것들은 어떻게 할 것인가?

그 목장이며, 은회색 쑥이며, 관개용 도랑에서 빠르게 흐르던 맑은 물이며, 짙은 초록빛 자주개자리 등은 어떻게 할 것인가? 오솔길은 언덕 위쪽으로 넘어가고, 여름철 소들은 사슴처럼 수줍어했다. 가을이 되어 산에서 끌어 내릴 때면 큰 소리로 울부짖고, 끊임없이 시끄러운 소리를 내면서, 먼지를 일으키며 천천히 움직이던 소 떼. 그리고 저녁 햇살에 산너머 봉우리가 뚜렷이 윤곽을 드러내던 일이며, 달빛에 비친 오솔길을 말 타고 내려올 때 건너편 골짜기까지 밝게 비치던 일. 어둠 속에서 앞이 보이지 않아 말 꼬리를 붙잡고 나무숲 사이를 내려오던 일, 그 밖에 그가 쓰려고 마음먹었던 모든 이야기가 떠올랐다.

그 무렵 아무도 건초를 가져가지 못하게 목장에 남아서 지키고 있던 얼뜨기 일꾼 소년 그리고 사료를 조금 얻어 가려고 들른 포크 집 안의 심술궂은 늙은이도 말이다. 예전에 소년을 부릴 때 곧잘 두들겨

패던 늙은이였다. 소년이 안 된다고 거절하자 늙은이는 또 때리겠다고 위협했다. 소년은 부엌에서 엽총을 들고 나와 늙은이가 헛간에 들어가려고 할 때 쏘았다. 사람들이 목장으로 돌아왔을 때 늙은이는 이미 죽은 지 일주일이나 지난 뒤였고, 시체는 가축우리 속에서 꽁꽁 얼어붙어 있었는데, 일부는 개들한테 뜯어 먹힌 상태였다. 그러나 시체의 남은 부분을 담요에 싸서 썰매 위에 싣고 밧줄로 동여맨 뒤 소년이 거들어서 그것을 끌고 내려갔다. 이렇게 그는 소년과 함께 스키를 타고 고개를 넘어 도로 위로 나와 100킬로미터 가까이 떨어진 마을로 내려가서는 소년을 경찰에 넘겼다. 소년은 자기가 체포되리라고는 상상도 못 하고 있었다. 자기는 의무를 다했을 뿐이며, 그를 자신의 친한 친구라고 굳게 믿고 있었으니 체포는커녕 무슨 보상이라도 받을 줄 알았던 것이다. 그는 노인의 시체를 운반하는 일을 도와주었다. 그러니 노인이 얼마나 나쁜 사람이었는지, 어떻게 자기 것도 아닌 사료를 훔치려고 했는지 다들 알고 있으리라고 생각했다. 그러므로 경찰관이 쇠고랑을 채울 때 소년은 그 사실을 믿을 수 없어 했다. 결국 소년은 엉엉 울기 시작했다. 이것은 그가 작품으로 쓰려고 남겨 둔 이야기 중 하나였다. 그 지방을 소재로 적어도 단편 소설 스무 편쯤은 쓸 수 있다는 것을 그는 잘 알았다. 그러나 그는 이제껏 한 편도 쓴 일이 없었다. 무슨 까닭이었을까?

"무슨 까닭인지 좀 말해 줘요." 그가 말했다.

"뭐가 무슨 까닭이라는 거죠?"

"아냐, 아무것도 아녜요."

그를 손에 넣은 뒤부터 그녀는 술을 많이 마시지 않았다. 그러나 다행히 자신이 살아남는다 해도 이 여자에 대해서만은 작품을 쓰지 않으리라는 것을 그는 지금 잘 알았다. 다른 여자들에 대해서도 쓰지 않을 것이다. 돈 많은 사람들은 대개가 재미가 없는 데다 술을 지나치게 많이 마시거나 주사위 노름만 지나치게 할 뿐이다. 그들은 단조롭고 반복적이어서 지루하다. 그는 가련한 줄리언[59]이 생각났다. 줄리언은 부자들에 대해 로맨틱한 경외심을 품고 있어 언젠가 한번은 "아주 돈이 많은 부자들은 당신이나 나 같은 사람들과는 다르다."[60]라는 구절로 시작하는 소설을 쓴 적이 있었다. 그때 어떤 사람이 줄리언에게 "그래, 당연히 그들은 우리보다 돈이 많지."라고 말했다. 그러나 줄리언에게는 그 말이 유머로 들리지 않았다. 부자란 특수한 매력을 지닌 족속이라고 생각해 왔는데, 실제로는 그렇지 않다는 사실을 깨달았을 때 그는 다른 어떤 것 못지않게, 바로 그 때문에 망가졌던 것이다.

그는 망가진 사람들을 경멸했다. 이해는 했지만 좋아하고 싶진 않았다. 그는 극복할 수 없는 일은 없다고 생각했다. 무슨 일이든 자기만 개의치 않으면 그것 때문에 고통받을 일은 없다고 믿었기 때문이다.

좋아! 이제 그는 죽음에 대해서도 걱정하지 않기로 했다. 언제나 두려워했던 것은 단 한 가지, 고통뿐이다. 고통이 너무 오래 계속되어 그를 나가떨어지게 하기 전까지는 누구 못지않게 고통을 이겨 낼 수 있을 것이다. 그런데 지금 이곳에서 무엇인가가 몹시 고통을 주고 있었고, 그것 때문에 자신이 무너지리라고 느낀 바로 그 순간 고통이 갑자기 멎어 버렸다.

---

59 F. 스콧 피츠제럴드(F. Scott Fitzgerald, 1896~1940)를 염두에 둔 인물로, 이 작품을 처음 발표할 당시에는 '줄리언'이 아니라 '스콧'이라고 썼다.

60 F. 스콧 피츠제럴드의 단편 소설 「부잣집 아이」(1926)의 앞부분.

오래전 척탄병 장교인 윌리엄슨이 철조망을 뚫고 가다가 독일군 순찰병이 던진 수류탄에 맞았던 어느 날 밤이 기억났다. 그는 비명을 지르면서 누구든 제발 자기를 죽여 달라고 애원했다. 약간 허풍 치는 버릇이 있었지만 그는 뚱뚱한 체구에 대단히 용감하고 훌륭한 장교였다. 그러나 그날 밤 철조망에 걸리자 그는 적의 탐조등에 비쳐졌고, 오장육부가 튀어나와 철조망에 걸렸다. 그래서 전우들이 목숨이 붙어 있는 그를 끌어당길 때는 칼로 오장을 잘라 내야만 했다. 나를 쏴 줘, 해리. 제발 부탁이야, 나를 쏴 줘. 언제가 한번은 주님이 우리에게 견딜 수 없는 고통을 주시지 않는다는 문제로 토론을 벌인 적이 있었다. 누군가가 적당한 시기가 오면 고통 때문에 인간은 자동으로 기절한다는 이론을 폈다. 그러나 그는 언제나 그날 밤 윌리엄슨의 일을 잊을 수 없었다. 그가 자신이 사용하려고 간직해 둔 모르핀 정제를 윌리엄슨에게 모두 먹일 때까지 고통은 그에게서 좀처럼 사라지지 않았다. 사실 모르핀조차 금방 효과가 나타나지 않았던 것이다.

현재 그가 겪고 있는 이 정도의 고통은 아무것도 아니었다. 이런 상태가 계속되더라도 그 이상 악화되지만 않는다면 조금도 걱정할 필요가 없었다. 다만 더 좋은 상대와 같이 있고자 하는 마음 말고는 말이다.

그는 같이 있고 싶은 상대에 대해 잠시 생각해 보았다.

아냐, 온갖 일을 해 온 데다 너무 오래 끌었고 이미 때가 늦은 지금, 아직도 상대가 있으리라고 기대하는 건 무리야, 하고 그는 생각했다. 사람들은 이제 다 가 버렸어. 파티는 끝나고 남아 있는 사람은 너와 여주인뿐이거든.

다른 모든 게 귀찮은 것과 마찬가지로 죽음도 귀찮아지는

군, 하고 그는 생각했다.

"귀찮은 일이야." 그가 소리 내어 크게 말했다.

"여보, 뭐가요?"

"무엇이든 너무 오래 하면 그렇다는 말이에요."

그는 자신과 모닥불 사이에 있는 그녀의 얼굴을 쳐다보았다. 여자는 의자에 기대앉아 있었는데, 불빛이 보기 좋게 주름 잡힌 그녀의 얼굴을 비추고 있었다. 그녀가 졸린 얼굴을 하고 있는 것을 알 수 있었다. 모닥불이 닿는 범위 바로 밖에서 하이에나 우는 소리가 들렸다.

"소설을 쓰고 있었어요. 하지만 따분해졌어요." 그가 말했다.

"잠을 잘 수 있을 것 같아요?"

"물론이지. 당신은 왜 잠자리에 들지 않는 거예요?"

"당신과 함께 여기 앉아서 자고 싶어요."

"좀 이상한 느낌이 들지 않아요?" 그가 물었다.

"아뇨. 조금 졸릴 뿐이에요."

"이상야릇한 느낌이 드는군." 그가 말했다.

그는 죽음이 다시 가까이 접근해 오는 것을 느꼈다.

"지금까지 내가 한 번도 잃지 않았던 건 호기심뿐이에요." 그가 그녀에게 말했다.

"당신은 아무것도 잃은 게 없어요. 내가 아는 한 가장 완벽한 사람인걸요."

"천만에. 여자란 어쩌면 그렇게도 모를까. 그게 뭐죠? 당신의 직감인가요?" 그가 물었다.

바로 그때 죽음이 다가와 침대 발치에 머리를 기대는 바람에 그는 죽음의 입김을 맡을 수 있었다.

"사신(死神)이 큰 낫과 해골바가지[61]를 갖고 있다고 믿지 말아요. 자전거를 타고 오는 순경 두 사람이 될 수도 있고, 새가 될 수도 있어요. 아니면 하이에나처럼 큼직한 주둥이가 있는 놈일 수도 있죠." 그가 그녀에게 말했다.

바야흐로 죽음이 그에게로 다가오고 있었지만 이제 더 이상은 아무런 형체도 없었다. 다만 공간을 차지하고 있을 뿐이었다.

"놈더러 저리 가라고 해요."

죽음은 물러가지 않고 조금 더 가까이 다가왔다.

"넌 입김이 지독하구나. 이 고약한 냄새를 피우는 후레자식 놈아." 그가 죽음에게 말했다.

그것은 여전히 그에게 좀 더 가까이 다가왔고, 이제는 그것에게 말을 걸 수도 없었다. 말을 못하는 것을 알자 죽음은 조금 더 가까이 다가왔다. 그는 이제 말도 하지 않고 그것을 물리치려고 했지만, 그것은 그에게로 바짝 조이며 다가와 몸무게로 그 가슴을 짓눌렀다. 그것이 그곳에 웅크리고 있어 그가 움직이지도 못하고 말하지도 못하는 동안 여자의 말소리가 들렸다. "브와나는 지금 잠드셨어. 그러니 침상을 아주 가만히 들어다 텐트 안으로 모셔라."

그는 그것을 쫓아 달라고 그녀에게 말할 수 없었고, 아까보다도 더 무겁게 웅크리고 있어서 이제는 제대로 숨도 쉴 수 없었다. 바로 그때 소년들이 침대를 쳐들고 있는 동안 갑자기 상태가 정상으로 돌아오면서 가슴에서 중압감이 사라졌다.

---

61 서양에서 큰 낫과 해골바가지는 사신이나 죽음을 상징한다.

아침이었다. 날이 밝고도 벌써 얼마의 시간이 지났고, 그는 비행기 소리를 들었다. 비행기는 처음에는 아주 조그맣게 보이더니 점점 널찍한 원을 그렸다. 소년들이 뛰어나가 등유로 불을 지르고 그 위에 마른 풀을 쌓아 올리자 평평한 들판 양쪽에서 큼직한 연기가 두 줄기 솟아올랐다. 아침 산들바람에 연기는 캠프 쪽으로 불어왔다. 비행기는 이번에는 저공으로 두 번 더 원을 그리고 내려오더니 수평을 유지하면서 사뿐히 내려앉았다. 그를 향해 걸어오는 사람은 옛 친구인 콤프턴이었다. 그는 느슨한 양복바지에 트위드 재킷을 입고 갈색 펠트 모자를 쓰고 있었다.

"이보게 친구, 어찌 된 일인가?" 콤프턴이 물었다.

"다리를 다쳤어." 그가 그에게 대답했다. "아침 먹을 텐가?"

"고맙네. 차나 좀 마시지. 자네도 알겠지만, 이 비행기는 퍼스 모스[62]야. 멤사힙은 모시고 갈 수 없네. 자리가 하나밖에 없거든. 자네 트럭이 지금 이곳으로 오는 중이네."

헬렌은 콤프턴을 옆으로 불러내어 그에게 말을 하고 있었다. 콤프턴이 아까보다 밝은 표정으로 돌아왔다.

"지금 당장 비행기에 태우지. 멤사힙은 다시 와서 데리고 가겠네. 아루샤[63]에 들러 급유를 해야 할 것 같아. 그러니 어서 출발하는 게 좋겠어." 그가 말했다.

"차(茶)는 어떻게 하고?"

---

62 소형 경비행기 이름. '퍼스 모스'란 본디 유럽산 나방을 가리킨다.

63 탄자니아의 도시로 탕가니카 북동부와 동아프리카 고원 지대에 위치한다.

"차 같은 건 정말 생각 없네."

소년들은 침대를 메고 녹색 천막을 돌아 바위를 따라 내려가 평지로 나서서 밝게 타는 모닥불 옆을 지나(쌓인 건초는 모두 타 버리고 모닥불은 바람에 한창 타오르고 있었다.) 소형 비행기가 있는 곳에 이르렀다. 비행기에 타기는 어려웠지만 일단 안에 들어간 뒤 그는 가죽 좌석에 몸을 기대고 다리를 콤프턴의 좌석 한쪽 옆으로 쭉 폈다. 콤프턴이 올라타더니 시동을 걸었다. 그는 헬렌과 소년들에게 손을 흔들었다. 부릉부릉하는 소리가 귀에 익은 엔진 소리로 바뀌자 기체는 한 바퀴 빙 돌았고, 콤프턴은 멧돼지 구멍들이 없나 하고 두리번거렸다. 기체는 요란한 소리를 내며 흔들리더니 모닥불 두 개 사이의 평탄한 들판을 달리다 마지막으로 덜거덕하는 소리를 내며 공중으로 떠올랐다. 밑에 남아 있는 사람들이 손을 흔드는 모습이 보였고, 언덕 옆 캠프가 이제 납작하게 보였으며, 저쪽 멀리 펼쳐진 평원이며 나무가 울창한 숲이며 덤불도 평평해 보였다. 한편 사냥 길이 메마른 물웅덩이까지 반들반들하게 통해 있었고, 지금까지 그가 한 번도 본 적 없는 개울 하나가 보였다. 이제 얼룩말은 등만 조그맣게 보였고, 긴 손가락처럼 벌판을 질주하는 작은 영양들의 큼직한 머리도 마치 점이 공중으로 솟아오르는 것처럼 보일 뿐이었다. 비행기의 그림자가 그들에게 접근하자 사방으로 흩어졌고, 그렇게 조그맣게 보이니 달리는 것 같지도 않았다. 지금 밖으로 보이는 평원도 이제는 잿빛이 도는 누런색으로만 보였으며, 바로 눈앞에는 옛 친구 콤프턴의 트위드 재킷의 등과 갈색 펠트 모자가 보일 뿐이었다. 그러고 난 뒤 그들은 첫 번째 언덕 위를 지나갔는데, 작은 영양들도 그의 뒤를 따라 달렸다. 갑자기 짙은 녹색 숲이 솟은 산 위를 넘고 대나무가 무성한 비탈진 산 위를 지난 뒤 다시 산봉우리와 골짜기로, 조각품처럼 굴곡진 울창한 산림을 지나가니 마침내 언덕이 비스듬히 낮아지면서 평원이 또 하나 나타났다. 이제 날씨는 덥고 평원은 보랏빛을 띤 갈색으로 보였으며 열기 때문에 비행기가 심하게 흔들렸다. 콤프턴은 해리가 잘 있는지 살펴려고 뒤를 돌아보았다. 그때 거무스름한 다른 산맥이 눈앞에 나타났다.

그런 뒤 비행기는 아루샤를 향해 날지 않고 왼쪽으로 방향을 돌렸는데 그것으로 보아 콤프턴은 틀림없이 연료가 충분하다고 판단한 모양이었다. 아래쪽을 내려다보니 마치 체로 친 듯한 분홍빛 옅은 구름이 땅에서 가까운 공중에 떠돌고 있었다. 그것은 어디서 왔는지 모르는 눈보라의 첫눈과도 같았는데, 남쪽에서 날아온 메뚜기 떼라는 것을 알 수 있었다. 비행기는 상승하기 시작했고 동쪽을 향해 날고 있는 것 같았다. 잠시 뒤 비행기의 주위가 어두워지더니 폭풍우 속으로 들어갔는데, 비가 굉장히 많이 쏟아져 마치 폭포 속을 뚫고 지나가는 것만 같았다. 마침내 그곳을 빠져나오자 콤프턴은 뒤를 돌아보면서 싱긋 웃고는 손가락으로 가리켰다. 앞쪽에 보이는 것은 전 세계처럼 폭이 넓은 데다 거대하고 높이 솟아 있으며 햇빛을 받아 믿을 수 없을 만큼 하얗게 반짝이는 킬리만자로의 네모난 꼭대기였다. 그 순간 그는 자신이 지금 가는 곳이 바로 그곳이라는 것을 깨달았다.

바로 그때 하이에나가 밤이면 내던 그 컹컹거리는 울음소리를 그치고 인간이 우는 듯한 이상야릇한 소리를 내기 시작했다. 그녀는 그 울음소리를 듣고 불안한 마음에 몸서리를 쳤다. 그녀는 잠에서 깨지 않았다. 꿈속에서 그녀는 롱아일랜드[64]에 있는 자기 집에 가 있었다. 그녀의 딸이 사교계에 데뷔하기 전날 밤이었다. 어찌 된 셈인지 그녀의 아버지도 그곳에 나타나 몹시 거들먹거렸다. 바로 그때 하이에나가 너무 큰 소리를 내어 우는 바람에 그녀는 번쩍 눈을 떴고, 잠깐 동안 자신이 어디에 와 있는지 감을 잡지 못하고 몹시 두려워했다. 그래서 회중전등을 손에 들고 해리가 잠든 뒤에 들여놓은 또 다른 침대를 비춰 보았다. 모기장 아래 그의 몸뚱이를 볼 수 있었지만 어찌 된 셈인지 다리는 모기장 바깥으로 나와 침대 옆을 따라 아래쪽으로 축 늘어져 있었다. 붕대가 모두 풀려 있어 그녀는 차마 그것을 쳐다볼 수 없었다.

"몰로! 몰로! 몰로!" 여자가 큰 소리로 불렀다.

그러고 나서 그녀는 "해리! 해리!" 하고 불렀다. 이어서 그녀의 음성은 점차 높아졌다. "해리! 제발. 오, 해리!"

그러나 아무 대답도 없었고 숨을 쉬는 소리도 들리지 않았다.

텐트 밖에서는 하이에나가 그녀의 잠을 깨울 때와 똑같이 괴상한 소리를 내고 있었다. 그러나 가슴이 고동치는 소리 때문에 그녀의 귀에는 그 소리가 들리지 않았다.

---

64 뉴욕 시 맨해튼 동부에 있는 섬으로 부호들의 휴양지가 많다.

프랜시스 매코머의 짧지만 행복한 생애

이제 점심시간이었다. 모두들 아무 일 없었다는 듯 두 겹으로 된 초록색 식당용 텐트 장막 아래 앉아 있었다.

"라임 주스를 들겠나, 레몬스쿼시를 들겠나?" 매코머가 물었다.

"김릿[65]으로 하겠습니다." 로버트 윌슨이 대답했다.

"나도 김릿으로 할래요. 뭘 좀 마셔야겠어요." 매코머의 아내가 말했다.

"아무래도 그게 좋을 것 같군." 매코머도 맞장구쳤다. "김릿 세 잔 만들라고 해."

식당에서 일하는 소년은 벌써 준비에 들어가 냉각용 가죽 주머니에서 술병을 꺼냈다. 텐트에 그늘을 드리우는 나무 사이로 바람이 불어왔고 그 아래 가죽 주머니는 땀이라도 흘린 듯 흠뻑 젖어 있었다.

"저 사람들에게는 얼마나 주면 될까?" 매코머가 물었다.

---

65 진과 라임 주스를 섞어 만든 칵테일.

"1파운드면 충분할 겁니다. 공연히 버릇을 나쁘게 들일 필요는 없으니까요."

"추장이 나눠 줄까?"

"물론이죠."

프랜시스 매코머는 삼십 분 전에 요리사, 심부름하는 소년들, 가죽 벗기는 사나이, 짐꾼들의 팔과 어깨 위에 올라타 의기양양하게 캠프 끝에서 텐트까지 왔던 것이다. 엽총을 운반하는 사람들은 이 시위 행렬에는 참가하지 않았다. 원주민 소년들이 그를 텐트 문 앞에 내려놓았을 때, 그는 그들과 일일이 악수를 나누고 축하를 받고 난 뒤 텐트 안으로 들어가서 침대에 앉아 아내가 오기를 기다렸다. 아내는 들어왔지만 그에게 아무 말도 걸지 않았다. 그는 곧 밖으로 나가 휴대용 세면대에서 세수를 하고 식당 텐트로 건너가 서늘하게 바람이 부는 그늘 아래 놓인 안락한 캔버스 의자에 앉았다.

"드디어 사자를 잡았네요. 그것도 굉장한 놈을 말입니다."로버트 윌슨이 그에게 말했다.

매코머 부인은 윌슨을 힐끗 쳐다보았다. 대단한 미인으로 아직도 미모와 사회적 지위를 유지하고 있는 여자였다. 오 년 전 그녀는 자신이 한 번도 사용해 본 적 없는 화장품을 자기 사진과 함께 보증해 준 광고 대가로 5000달러를 받은 일이 있었다. 그녀가 프랜시스 매코머와 결혼한 지는 십 년하고도 일 년이 되었다.

"아주 굉장한 사자였지?" 매코머가 말했다. 그제야 그의 아내가 남편을 바라다보았다. 그녀는 마치 두 사내를 처음 보는 듯이 쳐다보았다.

여자는 사내 중 한 사람, 즉 백인 수렵가 윌슨을 여태까지 한 번도 똑똑히 쳐다본 일이 없었다. 그 사람은 모랫빛 머리칼에다 짧고 빳빳한 콧수염을 기른 중키의 사내였다. 얼굴이 매우 불그스름했으며 푸른 눈은 몹시 차가웠고, 눈가에는 흰 주름이 희미하게 잡혀 웃을 때면 홈이 파이면서 명랑한 느낌을 주었다. 그는 지금 여자에게 미소를 던졌고, 그녀는 그의 얼굴에서 시선을 돌려 그가 걸친 헐렁한 웃옷 속에 어깨선이 내려가는 모습을 훑어보았다. 왼쪽 주머니가 달려 있어야 할 곳에는 큼직한 탄약 상자 네 개가 고리에 달려 있었다. 햇볕에 탄 큼직한 갈색 손이며 낡은 바지며 흙투성이 장화를 살피고 나서 다시 시선을 불그스레한 얼굴로 돌렸다. 햇볕에 탄 불그스레한 얼굴은 지금 텐트 기둥 못에 걸린 그의 스텟슨[66] 모자가 만들어 놓은 둥글고 하얀 선에서 끝나고 있었다.

"자, 그럼 사자를 위해 건배!" 로버트 윌슨이 말했다. 그는 또다시 여자에게 미소를 던졌지만 그녀는 미소도 짓지 않은 채 호기심 어린 표정으로 남편을 쳐다보고만 있었다.

프랜시스 매코머는 매우 키가 큰 사람으로, 뼈대는 그렇게 크지 않아도 체격이 아주 당당했다. 얼굴은 거무스름하고 머리칼은 노잡이처럼 짧았으며, 입술은 조금 얇은 편으로 누가 봐도 미남이라 할 만했다. 매코머는 윌슨이 입은 것과 같은 종류의 사파리 복장이었지만 윌슨의 옷보다는 새것이었다. 서른다섯 살인 매코머는 체력을 잘 유지했으며, 코트에서 하는 게임을 잘하고 낚시질에서도 큰 고기를 낚았다. 하지만 바로 조금 전에는 여러 사람 앞에서 그만 겁쟁이의 모습을 드러

66 챙이 넓고 운두가 높은 카우보이 모자.

내고 말았다.

"사자를 위해 건배! 당신 도움에 대해서는 뭐라고 고마워
해야 할지 모르겠군." 그가 말했다.

그의 아내 마거릿은 남편에게서 눈을 돌려 다시 윌슨을
바라보았다.

"사자 얘기는 이제 그만하는 게 어때요." 여자가 말했다.

윌슨이 미소를 띠지 않고 여자 쪽을 건너다보자 이번에는
여자 쪽에서 그에게 미소를 던졌다.

"오늘은 참 이상한 날이었어요." 여자가 말했다. "그런데
한낮에는 텐트 안에서도 모자를 써야 하지 않나요? 당신이 그
렇게 말하지 않았던가요?"

"쓰는 게 좋겠죠." 윌슨이 대답했다.

"얼굴이 정말 붉군요, 윌슨 씨." 이렇게 말하고 그녀는 다
시 미소를 지었다.

"술 때문이죠." 윌슨이 말했다.

"난 그렇게 생각하지 않는데요. 프랜시스는 술을 엄청나
게 많이 마시는데도 얼굴이 조금도 붉어지지 않거든요."

"나도 오늘은 붉어졌어." 매코머가 농담조로 말했다.

"아뇨. 오늘은 내 얼굴이 붉어졌어요. 하지만 윌슨 씨 얼
굴은 언제나 붉잖아요." 마거릿이 말했다.

"아마 인종이 다른가 보죠. 하지만 이 잘생긴 얼굴을 계속
화제로 삼고 싶은 건 아니겠죠?"

"이제 막 얘기를 꺼냈을 뿐인걸요."

"어쨌든 그만두죠." 윌슨이 말했다.

"얘기가 점점 까다로워지네요." 마거릿이 말했다.

"바보처럼 굴지 마, 마것.[67]" 그녀의 남편이 말했다.

"별로 까다로워질 것도 없죠. 굉장히 멋진 사자를 잡았을 뿐이니까." 윌슨이 말했다.

마거릿은 두 사내를 쳐다보았고, 두 사내는 그녀가 울먹이고 있는 걸 알아차렸다. 윌슨은 아까부터 그녀가 울지 않을까 생각하면서 그것을 두려워하고 있었다. 매코머는 두려워하는 기색이 전혀 없었다.

"그런 일만 일어나지 않았더라면! 아, 정말 그런 일이 일어나지 않았더라면 좋았을 텐데!" 그녀는 이렇게 말하고는 자기 텐트로 가 버렸다. 울음소리를 내지는 않았지만 입고 있는 햇볕 차단용 장밋빛 셔츠 밑에서 두 어깨가 들먹거리는 것이 보였다.

"여자들은 쉽게 흥분하죠. 그리 대단한 일은 아닙니다. 신경이 날카로워지면 그러는 데다, 또 이런저런 일 때문에 그러죠." 윌슨이 키 큰 사내에게 말했다.

"그렇지 않아. 나도 앞으로, 일생 동안 그 일 때문에 고민할 것 같은데." 매코머가 대꾸했다.

"말도 안 되는 소립니다. 위스키나 한잔 드시죠. 그리고 모두 잊어버리십시오. 어쨌든 그 일은 그렇게 중요한 게 아니니까요." 윌슨이 말했다.

"잊어버리려고 애는 써 보지. 하지만 당신이 나를 위해 해 준 일은 잊지 못할 거요." 매코머가 말했다.

"그건 아무것도 아닙니다. 대단치도 않은 일이에요." 윌슨이 말했다.

두 사람은 꼭대기가 넓게 퍼진 아카시아 나무 아래에 친

---

67 '마거릿'의 애칭.

캠프 그늘에 앉아 있었다. 아카시아 나무 뒤쪽으로는 여기저기 옥석이 흩어진 낭떠러지가 있었고, 그 앞쪽에는 옥석이 깔린 개울 강둑으로 풀밭이 펼쳐졌으며, 그 건너편에는 숲이 있었다. 소년들이 점심 식사를 차리는 동안 두 사내는 마주 앉아 알맞게 차가워진 라임 주스를 마시면서도 서로의 시선을 피했다. 윌슨은 소년들도 지금은 그 일에 대해 다 안다는 것을 알아차릴 수 있었다. 매코머를 시중드는 소년이 테이블에 접시를 올려놓으면서 호기심 어린 눈으로 주인을 살피자, 윌슨은 스와힐리어로 소년을 나무랐다. 그러자 소년은 무표정한 얼굴로 자리를 떴다.

"지금 뭐라고 했나?" 매코머가 물었다.

"아무것도 아닙니다. 정신 바짝 차리지 않으면 열댓 대쯤 때려 주겠다고 했죠."

"그게 무슨 말이야? 매질을 한단 말인가?"

"물론 그건 불법이죠. 벌금을 물게 되어 있습니다."

"당신 지금도 원주민을 때리나?"

"물론이죠. 원주민들도 불평하고 싶으면 얼마든지 소동을 일으킬 수 있어요. 하지만 안 하죠. 벌금보다는 매를 더 좋아하거든요."

"참 이상도 하군." 매코머가 말했다.

"이상할 것 없습니다. 선생님 같으면 어느 쪽을 택하겠습니까? 매를 맞겠습니까, 아니면 급료를 안 받겠습니까?" 윌슨이 물었다.

그렇게 묻고 나니 어색하게 느껴졌고, 그래서 윌슨은 매코머가 대답하기 전에 먼저 말을 이었다. "우리도 어떤 의미에선 이런저런 식으로 날마다 매를 맞는 셈이죠."

이 말로도 그다지 신통치 않았다. 제기랄! 내가 뭐 중재하는 사람이라도 되나? 하고 그는 생각했다.

"그렇지. 우리도 매를 맞고 있는 셈이지." 매코머는 여전히 그를 쳐다보지도 않은 채 맞장구쳤다. "그놈의 사자 일 때문에 정말 골치 아파. 더 이상 소문이 퍼지지 말아야 하는데. 누구 귀엔들 안 들어가겠어?"

"설마 내가 마사이가 클럽[68]에서 그 이야기를 할까 봐 그럽니까?" 윌슨은 쌀쌀맞게 상대편을 쳐다보았다. 미처 생각지도 못한 일이었다. 그러고 보니 이 친구는 난잡한 데다 지독한 겁쟁이로군, 하고 그는 생각했다. 나는 오늘까지 오히려 이 사내에게 호감을 갖고 있었는데 말이야. 어떻게 하면 미국인을 제대로 이해할 수 있을까?

"천만에요. 난 직업 사냥꾼이오. 우린 손님 일에 대해 이러쿵저러쿵 떠벌리지 않습니다. 그 점만은 안심하셔도 좋습니다. 하지만 소문을 퍼뜨리지 말라고 요구하는 건 그리 좋은 모양새가 아닌 것 같군요." 윌슨이 말했다.

윌슨은 친구처럼 가깝게 구는 건 이제 그만두는 게 속편하겠다고 판단했다. 그렇게 되면 혼자서 식사하고, 식사하면서 책도 읽을 수 있을 것이다. 그들은 그들끼리 식사하고 말이다. 그는 그들과 원정 수렵을 하면서 매우 형식적인 격식(프랑스인들은 이걸 뭐라고 하더라? 기품 있는 배려라고 하던가?)을 차려 안내할 것이고, 그 편이 이런 감정 소모를 겪는 것보다는 훨씬 속이 편할 것이다. 그에게 모욕을 주어 깨끗이 헤어지자. 그렇게 되면 식사를 하면서 책도 읽을 수 있을 것이고, 그들의 위스키

---

68 케냐 나이로비에 있는 사파리 수렵인을 위한 사교 클럽.

도 계속 마실 수 있지 않겠는가. 이것은 수렵 여행이 제대로 돌아가지 않을 때 쓰는 표현이었다. 다른 백인 수렵 안내인을 우연히 만나 "그래, 재미가 어떠시오?"라고 물었을 때 상대편이 "아, 여전히 그자들의 위스키를 마시고 있다네."라고 대답하면, 그것만으로 모든 일이 엉망이라는 것을 알 수 있었다.

"미안하이." 매코머는 이렇게 말한 뒤 중년이 된 지금까지도 아직 앳된 티가 남아 있는 미국인 특유의 얼굴로 그를 쳐다보았다. 윌슨은 매코머의 선원처럼 짧게 깎은 머리칼이며, 조금 음흉스럽기는 하지만 호감을 주는 눈이며, 균형 잡힌 코며, 엷은 입술이며, 잘생긴 턱을 바라보았다. "그런 것까지는 미처 깨닫지 못했군. 세상에는 이렇게 알지 못하는 일들이 수두룩하다니까."

그렇다면 어떻게 해야 하나? 하고 윌슨은 생각했다. 그는 한시라도 빨리 깨끗이 손을 씻을 마음의 준비를 하고 있었다. 그런데 이 거지[69] 같은 친구는 방금 자기를 모욕하고서도 이러니저러니 변명만 늘어놓고 있지 않은가. 그래서 윌슨은 다시 건드려 보았다. "내가 소문이라도 낼까 봐 걱정할 필요는 없어요." 그가 말했다. "나도 입에 풀칠은 해야 하니까요. 아시겠지만, 아프리카에선 어떤 여자도 사자를 보면 놓치는 법이 없고, 어떤 백인 남자도 도망치는 법이 없습니다."

"그런데도 난 토끼처럼 도망쳐 버렸지." 매코머가 대꾸했다.

이렇게 대꾸하는 인간은 도대체 어떻게 다뤄야 하는 거

---

69 헤밍웨이는 본래 '거지(beggar)' 대신에 '꼴도 보기 싫은 녀석(bugger)'이라는 단어를 사용했지만 후자에는 '남색자'나 '비역쟁이'의 뜻도 있어 출판사에서 '거지'로 바꿨다.

지? 하고 윌슨은 생각했다.

윌슨은 생기 없고 기관총 사수 같은 푸른 눈동자로 매코머를 쳐다보았다. 그러자 상대편은 그에게 미소를 지어 보였다. 기분이 상했을 때 그의 눈 표정을 보지 못한 사람이라면 호감을 느낄 만한 미소였다.

"어쩌면 물소를 잡을 때 만회할 수 있을지도 모르겠군. 다음번엔 물소[70] 사냥을 하기로 했지?" 그가 물었다.

"원하시면 내일 아침에라도 하죠." 윌슨이 대답했다. 어쩌면 그가 잘못 생각하는 것일지도 모른다. 이런 식으로 확실히 해결할 수도 있는데. 그러니 미국인에 대해선 이러쿵저러쿵 한 가지도 확실히 말할 수 없는 노릇 아닌가. 그는 또다시 완전히 매코머 편이 되고 말았다. 만약 오늘 아침 일을 잊을 수만 있다면 말이다. 그러나 물론 잊을 수 없었다. 오늘 아침의 그 사건은 그들이 이곳에 사냥 온 것만큼이나 꼴불견이었다.

"멤사힙이 나오십니다." 그가 말했다. 그 여자는 원기를 회복한 듯이 산뜻하고 쾌활하고 매우 우아한 모습으로 텐트에서 걸어 나오고 있었다. 어디 하나 흠잡을 데 없는 온전한 달걀형의 얼굴로, 너무 완벽해서 바보가 아닌지 생각될 정도였다. 하지만 저 여자는 바보가 아니지. 그럼, 전혀 바보가 아니고말고, 하고 윌슨은 생각했다.

"얼굴이 붉은 미남 윌슨 씨는 안녕하신가요? 당신은 기분이 나아졌어요, 내 진주 같은 프랜시스?"

"아, 많이 나아졌어." 매코머가 대답했다.

---

70 여기서 말하는 물소는 북아메리카 대륙의 물소와는 다른 케이프 버팔로로 몸집이 크고 뿔이 있어 수렵인에게 가장 위협적인 짐승이다.

"나도 모든 일을 다 잊고 왔어요." 그녀가 테이블 앞에 앉으면서 말했다. "프랜시스가 사자 잡는 솜씨가 훌륭하든 어떻든 그게 뭐 그리 대단한 일이에요? 사냥은 그의 직업이 아니잖아요. 그거야 윌슨 씨의 직업이죠. 윌슨 씨는 정말 무엇이든지 잡을 수 있어. 당신은 무슨 짐승이든지 다 잡을 수 있는 거죠?"

"아, 그럼요, 무엇이든지 다 잡을 수 있죠. 무엇이든 종류를 가리지 않고 잡습니다." 윌슨이 대답했다. 이런 여자들은 세상에서 가장 매정하지, 하고 그는 생각했다. 가장 매정한 데다 잔인하기 이를 데 없고, 가장 탐욕스러우면서 가장 매혹적이지. 이런 여자들이 매정해지면 상대편 남자들은 부드러워지거나 신경이 산산이 부서지고 말거든. 혹시 이런 여자들은 자기 마음대로 다룰 수 있는 남자들을 고르는 게 아닐까? 결혼할 당시 나이로는 그렇게 많은 걸 알 수 없었을 텐데, 하고 그는 생각했다. 지금 자기 앞에 있는 매력적인 여성을 보며 그는 지금까지 미국 여성들에 대해 경험을 쌓아 두길 잘했다고 생각했다.

"내일 아침에 물소를 잡으러 갈 겁니다." 그가 그녀에게 말했다.

"나도 갈래요." 그녀가 말했다.

"아니, 부인은 안 됩니다."

"아녜요, 갈 거예요. 프랜시스, 가면 안 되나요?"

"캠프에 그냥 남지그래?"

"무슨 일이 있어도 가야 해요. 무슨 일이 있어도 오늘처럼 뭔가를 놓치고 싶지는 않으니까요." 그녀가 대답했다.

아까 이 여자가 자리를 떴을 때, 울려고 밖으로 나갔을 때 매우 멋진 여자로 보였지, 하고 윌슨은 생각했다. 이해심 있고, 눈치 빠르고, 남편과 자신의 일 때문에 마음 아파하고, 또한 모든 사태를 잘 파악하고 있는 듯이 보였어. 그러던 것이 이십 분쯤 자리를 떴다가 돌아오자 미국 여자 특유의 냉정함으로 온몸을 단단히 감싸고 있구나. 세상에 벼락 맞을 여자들이야. 암, 벼락 맞을 여자들이지.

"내일은 오늘과는 다른 구경거리를 보여 주지." 프랜시스 매코머가 말했다.

"부인께선 오지 마십시오." 윌슨이 말했다.

"당신은 잘못 생각하고 있어요." 여자가 그에게 말했다. "또다시 당신이 멋들어지게 해치우는 걸 보고 싶어요. 오늘 아침의 당신은 아주 그만이었어요. 내 말은, 짐승의 대가리를 날려 버리는 게 멋있다고 할 수 있다면 말이에요."

"점심이 나오는군요. 부인께선 기분이 아주 좋으시죠?" 윌슨이 말했다.

"그럼요. 우울하려고 여기까지 온 건 아니니까요."

"하기야 지금까진 지루하지 않았죠." 윌슨이 말했다. 시냇물에 잠겨 있는 옥석과 그 건너편 나무들이 우거진 높은 강둑을 바라보니 아침 일이 다시 생각났다.

"아, 그럼요. 참 재미있었지요. 내일도 그럴 거예요. 내일이 오기를 얼마나 애타게 기다리고 있는지 당신은 모르실 거예요." 여자가 말했다.

"지금 요리사가 드린 것은 일런드영양 고기입니다." 윌슨이 설명했다.

"소처럼 생겨서는 산토끼처럼 껑충 뛰는 동물 말인가요?"

"그렇게 묘사할 수도 있겠군요." 윌슨이 대답했다.

"고기 맛이 썩 좋군." 매코머가 말했다.

"프랜시스, 당신이 잡은 건가요?" 그녀가 물었다.

"그럼."

"이 짐승은 별로 위험하진 않겠네요?"

"위에서 덤벼들지만 않으면 그렇죠." 윌슨이 그녀에게 대답했다.

"그것참 반가운 얘기군요."

"쓸데없는 소리는 좀 그만두는 게 어때, 마곳." 매코머가 일런드영양 고기 스테이크를 자르고 그 고기 조각에 꽂은 포크를 뒤집어 그 위에 으깬 감자와 그레이비소스와 당근을 얹으며 말했다.

"네, 그만두기로 하죠. 당신 말씨가 하도 예쁘니." 여자가 대꾸했다.

"오늘 저녁엔 사자를 위해 샴페인이나 마시기로 하죠. 대낮에는 좀 더우니 말이오." 윌슨이 제안했다.

"아, 그 사자 말이죠. 사자를 까맣게 잊고 있었네요!" 마거릿이 내뱉었다.

그래, 지금 이 여자는 남편을 호되게 다루고 있구나, 하고 로버트 윌슨은 생각했다. 아니면 한바탕 좋은 구경거리라도 만들 속셈인가? 자기 남편이 지독한 겁쟁이라는 사실을 알게 될 때 여자들은 대체 어떤 태도를 취할까? 이 여자는 지독하게 잔인하다. 하지만 여자들은 대체로 잔인하거든. 물론 이런 여자들은 남편을 쥐고 마구 흔드는 법이지. 마음대로 흔들자면 때론 잔인해질 수밖에 없어. 이런 여자들의 빌어먹을 폭력 행위야 실컷 보아 오지 않았던가.

"고기 좀 더 드십시오." 그가 공손히 여자에게 말했다.

그날 오후 늦게 매코머는 윌슨과 원주민 운전사와 엽총 운반인 두 명을 데리고 자동차를 몰고 나갔다. 매코머 부인은 캠프에 남아 있었다. 너무 더워서 나갈 수 없다고 하면서 이튿날 아침 일찍 동행하겠노라고 했다. 점차 멀어져 가는 자동차에서 윌슨은 그녀가 큰 나무 밑에 서 있는 것을 보았다. 장밋빛 카키복을 입고 검은 머리카락을 이마에서 뒤로 넘겨 목덜미 아래까지 땋아 내린 그녀의 모습은 아름답다기보다 사랑스러웠다. 생기 넘치는 얼굴에서 마치 영국 느낌이 묻어난다고 그는 생각했다. 그녀는 자동차가 키 큰 풀이 우거진 늪지를 뚫고 멀어져 가자 그들을 향해 손을 흔들었다. 차는 나무 사이를 구불구불 돌아 과수원 숲이 있는 조그마한 언덕으로 들어갔다.

과수원 숲에서 그들은 일런드영양 떼를 발견하고는 모두 차에서 내려 뿔이 길게 뻗친 늙은 일런드영양 한 마리 뒤를 살금살금 쫓아갔다. 매코머는 2미터 가까이 되는 거리에서 훌륭한 솜씨로 일런드영양 수놈을 맞혔다. 그러자 일런드영양 떼는 후다닥 뛰어올라 서로의 등을 뛰어넘으며 도망쳤는데, 다리를 오그리고 껑충껑충 뛰어가는 꼴이 꿈속에서나 가끔 경험하는 것일 뿐 도저히 현실의 것이라고는 믿기지 않았다.

"아주 훌륭한 솜씨였습니다. 과녁이 작았는데도 말이죠." 윌슨이 말했다.

"쏠 만한 가치가 있는 놈이었나?" 매코머가 물었다.

"아주 훌륭한 솜씨였어요. 그렇게만 쏘면 아무 문제가 없을 겁니다." 윌슨이 대답했다.

"내일 물소를 찾아낼 수 있을까?"

"그럴 가능성이 큽니다. 놈들은 아침 일찍 물 먹으러 나오거든요. 운이 좋으면 넓은 들판에서 잠을 수도 있어요."

"사자 사냥 일을 깨끗이 씻어 버리고 싶군. 그런 실수를 저지르는 걸 아내가 본다면 기분이 썩 좋진 않을 거야." 매코머가 말했다.

아내가 있건 없건, 그 일이 소문으로 퍼져 나가건 말건 나로서는 그런 것보다는 그런 실수를 했다는 사실 자체에 훨씬 불쾌감을 느낄 텐데, 하고 윌슨은 생각했다. 그러나 그는 자신의 생각을 입 밖에 내지 않았다. "나 같으면 그 일에 대해선 더 이상 생각하지 않을 겁니다. 누구라도 사자를 처음 만나면 당황할 테니까요. 다 지나간 일이죠."

그러나 그날 밤 저녁 식사를 마친 뒤 잠자리에 들기 전에 모닥불 옆에서 위스키소다를 마시고 모기장을 친 침대에 드러누워 밤의 정적에 귀를 기울이고 있던 프랜시스 매코머에게는 그 일이 완전히 끝난 것이 아니었다. 끝난 것도 아니었을 뿐더러 시작한 것도 아니었다. 어떤 부분은 씻을 수 없을 만큼 돋보이는 채, 그 일은 일어났던 그대로 남아 있었다. 그래서 그는 비참한 마음으로 그 일을 부끄럽게 떠올렸다. 아니, 부끄러움 이상으로 싸늘하고 공허한 공포감을 온몸으로 느꼈다. 한때는 자신만만하던 자리에 두려움이 마치 차갑고도 끈적한 텅 빈 동굴처럼 그대로 남아, 이내 메스꺼움이 올라왔다. 그런 느낌이 지금까지도 그에게 그대로 남아 있었던 것이다.

사건은 전날 밤 프랜시스가 잠에서 깨어 강 상류 어디선가 사자가 울부짖는 소리를 들으면서 시작되었다. 우렁차고 나지막한 울음소리였지만 마침내 기침 소리처럼 투덜거리는 소리로 바뀐 것으로 보아 사자가 바로 텐트 밖까지 다가와 있는 것 같았다. 한밤중에 잠이 깬 프랜시스 매코머는 그 소리를 들자 덜컥 겁이 났다. 아내는 숨소리를 고르게 내며 자고 있었다. 무섭다고 말할 사람도, 자신과 함께 무서워할 사람도 없이 그는 홀로 누워 있었다. "아무리 용감한 남자라도 사자에게 세 번은 놀란다. 발자국을 처음 보았을 때, 울부짖는 소리를 처음 들었을 때, 처음 마주쳤을 때 말이다."라는 소말리아 속담을 그는 몰랐다. 아침 해가 뜨기 전 식당 텐트에서 램프 불을 켜 놓고 아침 식사를 하고 있을 때 사자가 또다시 울부짖었다. 그래서 프랜시스는 사자가 바로 캠프 가까이에 와 있다고 생각했다.

"꼭 늙은이 같은 소리를 내는군요. 저놈이 기침하는 소리를 들어 보십시오." 로버트 윌슨이 훈제 청어와 커피[71]에서 얼굴을 들며 말했다.

"바로 가까이에 와 있는 거요?"

"시냇가 상류로 1.5킬로미터쯤 떨어진 곳에 있을 겁니다."

"한번 가서 볼 수 있을까?"

"보러 가죠."

"울부짖는 소리가 이렇게 멀리까지 들리나? 마치 캠프 안에 들어와 있는 것 같군."

"굉장히 멀리까지 들리죠. 어떻게 이렇게 멀리까지 들리는지 신기할 정도입니다. 총을 쏴서 잡을 만한 놈이라면 좋겠군요. 애들 말로는 이 근처에 아주 큰 놈이 하나 있다고 하던데요." 로버트 윌슨이 말했다.

"쏜다면 어디를 겨냥해야 쓰러뜨릴 수 있나?" 매코머가 물었다.

---

71   당시 영국인의 일상적인 아침 식사.

"어깨죠. 맞힐 수만 있다면 목도 좋습니다. 골격을 쏴야만 해요. 그래야만 뻗게 할 수가 있거든요."

"제대로 겨냥할 수 있길 바랄 뿐이야." 매코머가 대꾸했다.

"잘 쏘잖아요. 시간을 넉넉히 잡아요. 놈을 확실히 잘 겨눠야 합니다. 중요한 건 첫 발을 잘 맞히느냐 하는 거죠." 윌슨이 그에게 설명했다.

"거리는 어느 정도면 될까?"

"그건 알 수 없어요. 사자에게 달렸다고 봐야죠. 충분히 가까이 다가올 때까지는 절대로 쏘면 안 됩니다."

"한 100미터 이내까지 말인가?" 매코머가 물었다.

윌슨은 재빨리 그를 쳐다보았다.

"100미터 정도면 괜찮습니다. 그보다 가까이 끌어들이면 더 좋고요. 그 이상 떨어진 데에선 아예 쏘지 않는 편이 좋습니다. 100미터가 알맞은 거리죠. 그 거리에서는 어디라도 맞힐 수 있을 테니 말입니다. 부인께서 나오시는군요."

"안녕히 주무셨어요? 저 사자를 잡으러 가는 거예요?" 그녀가 물었다.

"부인께서 아침 식사를 마치시는 대로 곧 떠나기로 하죠." 윌슨이 대답했다. "그래, 기분은 좀 어떻습니까?"

"더할 나위 없이 좋아요. 벌써 신바람이 나네요." 그녀가 대답했다.

"준비가 다 됐는지 잠깐 나가 보겠습니다." 윌슨이 나갔다. 그가 나갈 때 사자가 또다시 울부짖었다.

"시끄러운 거지 같은 놈! 끽소리도 못 하게 해 줄 테다." 윌슨이 말했다.

"무슨 일이에요, 프랜시스?" 아내가 그에게 물었다.

"아무것도 아냐." 매코머가 대답했다.

"아니, 좀 이상해요. 뭐 걱정되는 거 있나요?" 그녀가 물었다.

"아무것도 아니래도." 그가 대꾸했다.

"말 좀 해 보세요. 어디 몸이 불편한 데라도 있어요?" 여자는 그를 쳐다보았다.

"저 망할 놈의 울음소리 때문이야. 저놈이 밤새도록 으르렁거렸어." 그가 대답했다.

"그럼 왜 나를 깨우지 않았어요? 그 소리를 듣고 싶었는데." 여자가 말했다.

"저 망할 놈을 잡고 말겠어." 매코머가 비참한 표정으로 내뱉었다.

"그래야죠. 당신이 여기까지 온 것도 그 때문이잖아요?"

"그렇지. 하지만 어쩐지 초조해지는군. 저놈의 울음소리를 들으면 신경이 날카로워진단 말이야."

"그렇다면 윌슨 씨 말대로 그놈을 죽여 끽소리도 내지 못하게 해 버려요."

"암, 그래야지, 여보. 그런데 말이야 쉽지, 안 그래?" 프랜시스 매코머가 물었다.

"설마 겁먹은 건 아니겠죠?"

"물론 아니지. 하지만 밤새도록 으르렁거리는 소리를 듣고 나니 신경이 날카로워졌어."

"당신은 그놈을 보기 좋게 잡을 거예요. 그러리라 믿어요. 어서 그 광경을 보고 싶어요." 그녀가 말했다.

"어서 아침 식사 하고 같이 떠납시다."

"아직 날이 밝지도 않았어요. 이 시간에 사냥이라니 말도 안 돼요." 그녀가 말했다.

바로 그때 사자는 가슴속 깊은 곳에서 우러나오는 듯한 소리로 울부짖다가 갑자기 공기를 뒤흔들듯이 목구멍을 울리며 점점 높이 뜨는 소리를 내더니 마침내 한숨과 가슴속에서 우러나오는 묵직한 신음 소리로 잦아들었다.

"바로 옆에 와 있는 것 같아요." 매코머의 아내가 말했다.

"빌어먹을! 저 지긋지긋한 소리 정말 듣기 싫군." 매코머가 말했다.

"아주 인상적인데요."

"인상적이지. 몸서리쳐질 정도로."

그때 로버트 윌슨이 총신이 짧고 구경이 상당히 커서 흉측해 보이는 0.505구경 깁스 엽총[72]을 가지고 벙글벙글 웃으며 돌아왔다.

"자, 가시죠. 엽총 운반인이 선생의 스프링필드 엽총과 대형 총을 가지고 갑니다. 차 안에 모든 준비가 되어 있습니다. 총탄은 갖고 있죠?"

"물론이지."

"난 준비가 다 됐어요." 매코머 부인이 말했다.

"저 소동을 멈추도록 해야죠. 선생은 앞쪽에 타십시오. 난 부인과 함께 뒤에 타겠습니다." 윌슨이 말했다.

그들은 자동차에 올라타 희뿌연 아침 햇살을 받으며 나무들을 지나 강 상류로 향했다. 매코머는 개머리판을 열고 클립 속에 든 탄환을 확인한 뒤 노리쇠를 닫아 안전장치를 했다. 그는 손이 와들와들 떨리는 걸 깨달았다. 그래서 주머니 속에 손

---

72 사파리 안내인은 만약의 사태에 대비해 깁스 같은 대형 엽총을 가지고 다녔다.

을 집어넣어 탄약통이 더 들어 있는지 만져 보고는 또 손가락을 움직여 웃옷 앞쪽 혁대 고리에 걸린 탄약통도 더듬었다. 그런 다음 뒤쪽을 돌아보니 문이 없는 상자 모양의 자동차 뒷자리에는 윌슨이 아내와 나란히 앉아 있었고 두 사람 모두 흥분하여 싱글벙글 웃고 있었다. 윌슨이 앞쪽으로 몸을 기울이고 귓속말을 했다.

"자, 보십시오, 새들이 내려앉고 있죠. 그놈이 먹이로 잡은 짐승을 내버리고 갔다는 뜻입니다."

개울 건너편 둑 근처 나무 위를 독수리들이 원을 그리며 빙빙 돌다가 수직으로 내려오는 것이 매코머의 눈에 띄었다.

"모르긴 몰라도 놈이 아마 물을 마시러 이 근처에 올 겁니다. 보금자리로 돌아가기 전에 말이죠. 잘 감시하십시오." 윌슨이 속삭였다.

그들은 옥석이 깔린 밑바닥까지 깊이 파인 개울의 높은 둑을 따라 천천히 자동차를 몰았다. 차는 큰 나무 사이를 굽이굽이 돌면서 달려갔다. 매코머가 건너편 강둑을 지켜보고 있을 때 윌슨이 그의 팔을 꽉 잡았다. 차가 갑자기 멈춰 섰다.

"저기 있군요. 오른쪽 앞쪽에 말입니다. 어서 차에서 내려서 쏘십시오. 굉장히 멋진 놈입니다." 그의 귓가에 윌슨이 속삭이는 소리가 들렸다.

그제야 매코머의 눈에도 사자가 보였다. 사자는 옆구리를 거의 다 드러낸 채 큼직한 머리통을 쳐들고 서서 그들이 있는 쪽을 돌아보고 있었다. 그들 쪽을 향해 불어오는 이른 아침의 미풍에 사자의 검은 갈기가 보기 좋게 일어나 있었다. 잿빛 아침 햇살을 받으며 묵직한 두 어깨와 미끈하고 굵직한 동체를 드러내고 높은 강둑에 실루엣을 그리며 서 있는 사자는 엄청

나게 커 보였다.

"거리는 얼마나 되지?" 총을 쳐들면서 매코머가 물었다.

"70미터 조금 넘습니다. 어서 차에서 내려 쏘십시오."

"여기서 쏘면 안 되는가?"

"차에서 쏘면 안 돼요. 어서 빨리 내리십시오. 놈이 온종일 그곳에 서 있진 않을 테니까요." 윌슨이 그의 귀에 대고 속삭이는 소리가 들렸다.

매코머는 앞자리 옆에 달린 굽은 출구의 디딤대를 밟고 땅에 뛰어내렸다. 사자는 어마어마한 물소처럼 대단한 몸집으로 버티고 서서 아직도 당당하고 냉담한 눈초리로, 그의 눈에는 다만 그림자로밖에 보이지 않을 이쪽의 대상을 물끄러미 바라보고 있었다. 사람 냄새는 그쪽까지 풍기지 않았다. 사자는 이쪽의 물체를 유심히 바라보면서 큼직한 머리통을 좌우로 천천히 흔들었다. 그러고 나서 두려움 때문이 아니라 무언가가 자기 앞에 맞서 있으니까 물을 마시러 강둑 아래로 내려가기를 망설이면서 대상을 지켜보았다. 그렇게 지켜보면서 사자는 자기 눈에 사람 같은 것이 그 물체에서 떨어져 나오는 것을 보자 그 묵직한 머리를 돌려 나무숲 아래로 숨을 곳을 찾아 몸을 돌렸다. 바로 그 순간 탕 하는 소리가 나더니 220그레인[73] 엽총의 .30-06 스프링필드 탄환이 사자의 옆구리에 맞자 갑자기 뜨겁고 통렬한 구토증을 일으키면서 창자를 꿰뚫고 지나갔다. 사자는 상처 입은 큼직한 배때기를 흔들며 큼직하고도 무거운 네발을 질질 끌고 숲을 빠져나가 키 큰 풀덤불을 향해 빠른 걸음으로 달아났다. 그 순간 다시 공기를 가르는

---

73 야드파운드법에 의한 무게 단위로, 1그레인은 0.064그램이다.

듯한 요란한 소리를 내며 또 한 방이 그의 옆으로 지나갔다. 그러고 나서 또 한 방이 날아왔고, 이번에는 늑골의 아랫부분을 뚫고 들어갔다. 사자의 입안에 갑자기 뜨거운 피가 거품과 함께 솟구쳐 일었다. 사자는 키 큰 풀밭으로 달려 들어갔다. 그곳에서 몸을 숨기고 웅크려 앉아 있다가 요란한 소리를 내는 물건을 아주 가까이까지 유인한 뒤 덥석 덤벼들어 그 물건을 쥔 사람을 덮칠 생각이었다.

자동차에서 내렸을 때 매코머는 사자의 기분이 어떤지에 대해서는 조금도 생각하지 않았다. 다만 그는 자신의 두 손이 와들와들 떨리고 자동차에서 걸어 나갈 때 거의 발을 뗄 수가 없다는 사실만을 깨달았다. 넓적다리가 뻣뻣했지만 근육이 꿈틀거리는 게 느껴졌다. 그는 엽총을 들고 사자의 머리와 두 어깨가 만나는 지점을 겨누어 방아쇠를 당겼다. 손가락이 부러질 것처럼 힘껏 당겼지만 아무 일도 일어나지 않았다. 그제야 안전장치를 풀지 않았다는 사실을 알아차렸다. 그는 총을 내려서 안전장치를 풀고 얼어붙은 발을 떼어 간신히 앞쪽으로 한 걸음 내디뎠다. 그때 사자는 그의 그림자가 자동차에서 떨어져 나간 것을 보고 휙 돌아서 재빨리 도망치기 시작했다. 매코머가 총을 쏘자 총탄이 쿡 하고 정통으로 들어맞는 소리가 들렸는데도 사자는 계속해서 달렸다. 매코머는 또 쏘았지만 탄환이 빠른 걸음으로 달아나는 사자를 넘어 땅에 먼지를 일으키는 것이 모든 사람의 눈에 보였다. 그는 좀 더 낮은 데를 겨눠야 한다고 생각하면서 또 한 발 쏘았다. 모두들 명중하는 소리를 들었고, 사자는 전속력으로 달려 그가 노리쇠를 앞으로 밀기도 전에 숲 속으로 뛰어들어 숨어 버리고 말았다.

매코머는 배 속에 메스꺼움을 느끼며 그곳에 우뚝 서 있었다. 공이치기를 잡아당긴 채 스프링필드 엽총을 아직도 쥐고 있는 두 손이 부들부들 떨렸고, 그의 곁에는 아내와 로버트 윌슨이 서 있었다. 또 엽총을 운반하는 원주민 두 명도 와캄바[74] 말로 뭐라고 지껄이며 그 옆에 서 있었다.

"맞혔어. 두 번이나 맞혔다고." 매코머가 말했다.

"맞히기는 맞혔지만 약간 앞쪽을 맞힌 것 같습니다." 윌슨이 신통치 않다는 듯이 말했다. 엽총을 운반하는 원주민들은 몹시 침울한 표정을 짓고 있었다. 누구 할 것 없이 모두들 잠자코 있었다.

"혹시 죽었는지도 모르죠. 그래도 좀 더 기다렸다가 가 보는 게 좋을 겁니다." 윌슨이 말을 이었다.

"그게 무슨 말이지?"

"그놈이 죽은 뒤에 쫓아가자는 거죠."

"아!" 매코머가 대꾸했다.

"참으로 멋진 사자였습니다. 그런데 고약한 곳에 틀어박혔어요." 윌슨이 쾌활하게 말했다.

"고약하다니?"

"그놈하고 마주칠 때까지는 도대체 어디 숨어 있는지를 통 알 수 없단 말이죠."

"아, 그렇군." 매코머가 말했다.

"자, 그럼 이제 가 볼까요? 부인께선 자동차에 그대로 계시는 게 좋겠습니다. 우린 핏자국을 쫓아가야 하니 말입니다."

"여기 남아 있어, 마것." 매코머가 아내에게 말했다. 그의

74 동아프리카에 사는 부족.

입속은 너무 바싹 말라서 말하기조차 어려웠다.

"왜요?" 여자가 물었다.

"윌슨이 그러라는군."

"잠깐 보고 올 겁니다. 부인께선 여기 그대로 계십시오. 이곳에 있는 게 오히려 더 잘 보일 겁니다." 윌슨이 말했다.

"그러죠."

윌슨은 스와힐리어로 운전기사에게 뭐라고 말했다. 그러자 그는 고개를 끄덕이면서 "네, 알겠습니다, 브와나."라고 대답했다.

그들은 가파른 강둑을 내려가 개울을 건넌 뒤 옥석을 기어오르고 돌아서 강둑에서 뻗어 나온 나무뿌리에 매달려 반대편 강둑으로 올라갔다. 개울을 따라 걸어가 마침내 매코머가 쏜 첫 발을 맞고 사자가 달아난 곳에 다다랐다. 운반인들이 풀 줄기로 가리키는 쪽을 보니 짤막한 풀밭에 시꺼먼 피가 묻어 있고 그 핏줄기는 개울 기슭 나무숲 속으로 나 있었다.

"어떻게 할 참이오?" 매코머가 물었다.

"별 도리가 없죠. 차를 몰고 들어갈 수는 없습니다. 강둑이 너무 가파르니까요. 놈이 좀 더 뻣뻣하게 굳은 뒤 저하고 같이 안으로 들어가 찾아보죠." 윌슨이 대답했다.

"풀밭에 불을 지르면 안 될까?" 매코머가 물었다.

"그러기엔 풀이 아직 너무 파랗습니다."

"그럼 몰이꾼을 집어넣을 순 없을까?"

윌슨은 상대편을 살피듯이 찬찬히 뜯어보았다. "물론 그럴 수야 있죠. 하지만 그건 살인 행위에 가깝습니다. 아시다시피 사자는 부상을 입었어요. 다치지 않은 사자라면 그냥 몰아낼 수도 있어요. 시끄러운 소리만 들어도 달아나니까요. 하지만 부상당한 놈은 이쪽으로 덤벼들거든요. 갑자기 딱 마주칠 때까지는 도저히 찾아낼 도리가 없습니다. 토끼 한 마리 숨지 못할 곳에 놈은 바짝 엎드려 있어요. 그런 곳에 차마 아이들을 몰아넣을 순 없죠. 어느 녀석이든 틀림없이 상처를 입고 말 테니까요." 그가 설명했다.

"그럼 엽총 운반인들은 어떨까?"

"아, 그 사람들은 우리와 같이 가야죠. 그게 그 사람들의 샤우리[75]니까요. 그러기로 계약한 겁니다. 그들도 표정이 별로 좋아 보이지 않죠?"

"난 그 안에 들어가고 싶지 않군." 매코머가 말했다. 미처 생각도 하기 전에 그만 입 밖으로 튀어나온 말이었다.

"그건 나도 마찬가지입니다. 하지만 달리 선택의 여지가 없습니다." 윌슨이 아주 쾌활하게 말했다. 그러고 나서 다시 생각난 듯이 매코머를 힐끗 쳐다보았는데 그때 그는 갑자기 몸을 벌벌 떨면서 비참한 표정을 짓고 있었다.

"물론 당신이 들어갈 필요는 없습니다. 내가 고용된 건 그런 일 때문이니까요. 내가 그렇게 비싼 고용료를 받는 것도 그 때문이죠." 그가 말했다.

"그럼 당신 혼자 들어가겠단 말이오? 그놈을 그냥 내버려두면 안 되나?"

로버트 윌슨은 그때까지 사자와 사자 때문에 야기된 문제에만 온 정신이 쏠려 있었기 때문에 매코머에 대해서는 조금 겁을 먹고 있구나 하는 정도밖에는 생각하지 않았다. 그런데 이 말을 듣는 순간 갑자기 마치 호텔에서 실수로 남의 방문을

75 '임무'라는 뜻의 스와힐리어.

열고 못 볼 것을 본 것 같은 느낌이 들었다.

"그게 무슨 말입니까?"

"그냥 내버려 두자고."

"그럼 사자가 총에 맞지 않은 척하자는 겁니까?"

"그게 아니오. 그냥 내버려 두자는 거지."

"그럴 순 없습니다."

"이유가 뭔가?"

"첫째, 놈은 지금 틀림없이 고통스러워할 겁니다. 또 다른 이유는, 누군가가 우연히 그놈과 마주칠지도 모릅니다."

"그래, 알겠어."

"하지만 선생은 그놈을 상관하지 않아도 괜찮습니다."

"상관하고 싶어. 다만 좀 겁이 날 뿐이지." 그가 대꾸했다.

"저 안에 들어갈 땐 내가 앞장서겠습니다. 콩고니를 시켜 발자국을 따라가게 하고요. 그러니 선생은 내 뒤 한쪽에 조금 비켜서서 따라오십시오. 모르긴 몰라도 놈의 으르렁대는 소리가 들릴 겁니다. 놈이 보이기만 하면 우리 둘이서 총을 쏘는 거죠. 걱정할 건 아무것도 없어요. 내가 책임지고 돌봐 드리겠습니다. 하지만 어쩌면 당신은 따라오지 않는 게 좋을지도 모르겠군요. 그 편이 훨씬 나을 것 같아요. 제가 처리해 버리는 동안 부인한테 가서 같이 있는 게 어떻겠습니까?" 윌슨이 제안했다.

"아니, 나도 가고 싶어."

"그럼 좋습니다. 하지만 마음이 내키지 않으면 그만두십시오. 아시다시피 이건 내 샤우리니까요." 윌슨이 말했다.

"나도 같이 가고 싶다고." 매코머가 말했다.

그들은 나무 아래에 앉아 담배를 피웠다.

"우리가 기다리는 동안 잠깐 돌아가 부인께 말을 전하고
오겠습니까?"

"아니."

"그럼 내가 가서 좀 더 기다리라고 말하고 오죠."

"좋아." 매코머가 말했다. 겨드랑이에서 땀이 줄줄 흐르
고, 입안은 바싹 마르고, 배 속은 텅 빈 것처럼 느끼면서 그는
윌슨에게 혼자 가서 사자를 해치우라고 말할 배짱이 있으면
좋겠다고 생각하며 앉아 있었다. 그는 자신이 방금 전 어떤 상
태에 있었는지 알아차리지 못했기 때문에 윌슨이 화가 나서
자기 아내를 돌려보내려 했다는 사실을 미처 깨닫지 못했다.
그가 앉아 있는 동안 윌슨이 다가왔다. "선생의 큰 엽총을 가
져왔습니다. 이걸 들고 있으십시오. 이제 놈에게는 시간을 줄
만큼 준 것 같습니다. 자, 그럼 이제 가죠." 그가 말했다.

매코머가 큰 엽총을 손에 들자 윌슨이 말했다.

"5미터쯤 오른쪽으로 비켜서서 내 뒤를 따라오십시오. 그
리고 뭐든지 내가 시키는 대로 하십시오." 그런 다음 그는 자
못 우울한 표정을 짓고 있는 원주민 운반인 두 명에게 스와힐
리어로 뭐라고 말했다.

"어서 가죠." 그가 재촉했다.

"물 한 모금만 마실 수 있을까?" 매코머가 말했다. 윌슨이
혁대에 물병을 찬 나이 먹은 원주민에게 뭐라고 말하자 원주
민이 물병을 풀어 마개를 빼서는 매코머에게 건네주었다. 매
코머가 물병을 받아 손에 쥐고 보니 무거웠고 펠트 커버도 털
이 많고 조잡했다. 물을 마시려고 물병을 입에 갖다 대면서 그
는 앞쪽으로 높이 자란 풀과 그 뒤쪽으로 끝이 평평한 나무들
을 볼 수 있었다. 산들바람이 그쪽으로 불어와 풀밭이 가볍게

물결치고 있었다. 그가 그 엽총 운반인을 쳐다보니 그 역시 공포에 사로잡혀 있었다.

풀밭 속으로 35미터쯤 들어간 곳 바닥에 큼직한 사자가 납작 엎드려 있었다. 두 귀를 뒤로 젖힌 채 길쭉하고 검고 토실토실한 꼬리를 위아래로 조금 흔들 뿐 조금도 꼼짝하지 않았다. 사자는 이 은폐 장소에 이르자마자 그야말로 궁지에 몰리고 말았다. 큼직한 배때기에 관통상을 입어 통증이 몹시 심했고, 폐를 관통한 상처 때문에 점점 기운이 빠지고 있었다. 폐에 입은 상처 때문에 숨을 쉴 때마다 입에서는 거품 같은 불그스름한 피가 가늘게 흘러나오고 있었다. 양쪽 옆구리는 피에 축축이 젖어 따끔하게 뜨거웠고, 단단한 총탄이 황갈색 가죽에 뚫어 놓은 조그마한 구멍에는 파리들이 달라붙었다. 증오로 불타는 큼직하고 누런 두 눈을 가늘게 뜨고 정면을 노려보면서 숨을 쉬며 고통을 느낄 때마다 깜박거릴 뿐이었다. 날카로운 발톱은 햇볕에 익은 부드러운 흙을 박박 긁어 댔다. 고통도 상처도 증오도, 그리고 자기에게 남아 있는 온갖 힘도 오로지 돌진이라는 한 점으로 모으고 있었다. 사자의 귓가에 인간들의 말소리가 들려왔다. 인간들이 풀밭 속으로 들어오자마자 덤벼들려고 전력을 다해 만반의 준비를 하고 있었다. 사람들의 목소리가 들리자 사자는 꼬리를 빳빳이 하여 아래위로 푸들푸들 흔들어 댔다. 사람들이 풀밭 가장자리에 이르자 사자는 기침 비슷한 신음 소리를 내며 앞으로 돌진해 왔다.

나이 먹은 원주민 운반인 콩고니는 핏자국을 쫓으면서 앞장섰고, 윌슨은 큰 엽총을 겨누어 들고 풀밭이 조금이라도 움직이지 않나 살폈으며, 또 다른 운반인은 귀를 기울이며 앞을

응시했고, 매코머는 총을 겨눠 들고 윌슨 곁에 붙어 섰다. 이렇게 그들 일행이 풀숲으로 막 들어서려는 바로 그 순간, 매코머는 피 때문에 목구멍이 메어 기침 비슷한 신음 소리를 내며 휙 하고 풀밭에서 뛰어나오는 사자를 보았다. 다음 순간 그는 공포에 사로잡힌 나머지 미친 듯이 달려 개울 쪽을 향해 줄행랑을 쳤다.

윌슨의 큰 엽총이 꽈꽝! 하고 요란한 소리를 내더니 잠시 후 또다시 꽝! 하고 울리는 소리가 들렸다. 매코머가 뒤를 돌아보니 머리통이 절반쯤 날아간 사자가 높이 자란 풀밭 가장자리에 있는 윌슨을 향해 무서운 모습으로 슬슬 기어 나오고 있었다. 그러는 동안 얼굴이 붉은 사내가 흉측하게 생긴 짧은 엽총 위에 달린 노리쇠를 당기자 총구에서는 또다시 꽝! 하는 소리와 함께 불이 뿜어 나왔고, 기어 나오던 사자의 묵직한 누런 몸뚱이가 뻣뻣해지더니 곧이어 찢어진 큼직한 머리통을 앞쪽으로 푹 박았다. 흑인 두 명과 백인 한 명이 경멸에 찬 시선으로 자신을 돌아보는 동안, 매코머는 도망쳐 나온 빈터에서 탄환을 장전한 총을 아직도 손에 든 채 우두커니 홀로 서서 사자가 죽은 것을 확인했다. 키가 큰 그가 노골적인 비난을 온몸에 받으며 윌슨에게로 다가가자, 윌슨이 그를 쳐다보고 물었다.

"사진을 찍겠습니까?"

"아니." 그가 대답했다.

자동차에 도착할 때까지 그들이 나눈 말은 그 한마디뿐이었다. 그러고 나서 윌슨이 말했다.

"참으로 멋진 사자입니다. 아이들이 껍질을 벗길 겁니다. 우린 이곳 그늘에 머물러 있는 게 좋겠습니다."

매코머의 아내는 그를 쳐다보지도 않았고, 그 또한 아내를 쳐다보지 않았다. 그는 아내와 함께 뒷좌석에 앉았고 윌슨은 앞자리에 앉았다. 한번은 아내를 쳐다보지도 않고 옆으로 손을 뻗어 그녀의 손을 잡으려고 했지만 아내는 슬그머니 손을 떼어 냈다. 개울 저편에서 엽총 운반인들이 사자의 껍질을 벗기는 모습을 바라보며 그는 아내가 처음부터 끝까지 그 장면을 보았다는 것을 알아차렸다. 그들이 그곳에 앉아 있는 동안 그의 아내는 앞쪽으로 몸을 내밀어 윌슨의 어깨에 손을 얹었다. 그가 뒤돌아보자 그녀는 나지막한 좌석 너머로 몸을 굽히더니 그의 입에 키스했다.

"아, 이거야 참!" 윌슨은 햇볕에 탄 여느 때의 얼굴빛보다 더욱 얼굴을 붉히며 말했다.

"로버트 윌슨 씨. 붉은 얼굴의 미남, 로버트 윌슨 씨." 그녀가 말했다.

그러고 나서 그녀는 다시 매코머 곁에 앉아 개울 건너편으로 사자가 앞다리를 쳐들고 누운 곳을 바라보았다. 그곳에 있는 흑인들이 껍질을 벗기니 하얀 근육에 힘줄 자국이 나 있는 앙상한 앞다리와 함께 하얗게 부풀어 오른 큼직한 배때기가 드러났다. 드디어 엽총 운반인들이 축축하고 무거운 껍질을 가져와서는 둘둘 말아 그것을 들고 자동차 뒤에 올라타자 차가 출발했다. 캠프에 돌아올 때까지 입을 여는 사람은 아무도 없었다.

이것이 그 사자를 둘러싼 이야기였다. 매코머는 사자가 맹렬히 돌진해 오기 전에 사자가 도대체 무엇을 느꼈는지, 또 공격해 오는 동안 입에 포구초속(砲口初速)[76]이 2톤이라는 0.505

---

76 포탄이 주포의 포구를 떠나는 찰나의 속도.

구경 총의 믿을 수 없는 강타를 당했을 때 어떤 느낌을 받았는지, 그 뒤 뒷발에 두 번째로 무서운 총격을 받고도 도대체 왜 자신을 파멸로 이끄는 무섭게 불을 내뿜는 총을 향해 기어 나왔는지 도무지 알 수가 없었다. 윌슨은 그런 것에 대해 조금은 알고 있었지만 그저 "굉장히 훌륭한 사자로군요."라는 말만 내뱉었을 뿐이다. 그러나 매코머는 윌슨이 그런 일에 대해 어떻게 느끼는지 도무지 알 수 없었다. 아내와 이제 끝났다는 사실을 제외하고는 그녀가 어떻게 느끼는지도 알지 못했다.

물론 그의 아내가 그에게 실망을 느낀 것은 이번이 처음이 아니었지만 실망이 오래 계속되는 일은 없었다. 매코머는 엄청난 부자였고 앞으로는 더욱더 큰 부자가 될 팔자였다. 그래서 아내가 절대로 자기를 차 버리지 않으리라는 것을 잘 알았다. 그 사실은 그가 정말로 아는 몇 가지 중 하나였다. 그 사실에 관해, 오토바이에 관해(그것이 맨 첫 번째 경우였다.), 자동차에 관해, 오리 사냥에 관해, 송어나 연어 또는 바다의 큰 물고기를 잡는 낚시질에 관해, 지나치다 싶을 만큼 여러 책에 쓰여 있는 성(性)에 관해, 코트에서 하는 모든 구기(球技)에 관해, 개들에 관해, 말(馬)에 관해 약간, 돈을 유지하는 방법에 관해, 그가 사는 세계와 관련 있는 그 밖의 다른 여러 가지 일에 관해 그리고 아내가 자기를 차 버리지 않으리라는 사실에 관해 그는 잘 알았던 것이다. 그의 아내는 한창때는 굉장한 미인이었고, 지금도 아프리카에서 보면 굉장한 미인이었다. 그러나 본국에서는 그를 차 버리고 더 잘나갈 수 있을 만큼의 미인은 아니었다. 그녀도 그 사실을 잘 알았고, 그도 그 사실을 잘 알았다. 그녀는 그에게서 떠날 기회를 놓쳐 버리고 말았고,

그는 그 사실도 잘 알고 있었다. 만약 그의 여자를 다루는 솜씨가 좀 더 노련했더라면 그녀는 아마 그가 다른 아름다운 여자를 새로운 아내로 삼지 않을까 걱정했을 것이다. 그러나 그녀는 그에 대해 구석구석까지 너무나 잘 알았기 때문에 그런 것에 대해 걱정하지 않았다. 게다가 그는 언제나 아주 관대했는데, 그 관대함에 그처럼 흉측한 점만 없었더라면 그의 성격 중 가장 훌륭한 장점으로 보였을 것이다.

대체로 그들은 비교적 행복한 부부로 알려져 있었다. 헤어지리라는 소문이 가끔 돌기는 했지만 실제로는 절대 그러지 않는 부부 말이다. 사교란(社交欄) 담당 칼럼니스트의 표현을 빌리자면, 그들은 아프리카 오지에서 사파리 수렵을 함으로써 뭇사람의 선망을 받았고, 남한테서 부러움을 사는 영구적인 그들의 로맨스에 모험의 징취 이상의 것을 한껏 덧보태고 있었다. 마틴 존슨 부부[77]가 사자 '심바', 물소, 코끼리 '템보' 등을 쫓아다니며 수없이 은막을 통해 소개하고 또한 박물관의 표본을 수집하기 전까지는 '가장 검은 대륙'[78]으로 알려져 있던 이곳에서 말이다. 이 칼럼니스트는 그들 부부가 과거에 적어도 세 번은 헤어질 뻔했다고 보도한 적이 있는데 그들이 그런 상황에 있었던 것은 사실이다. 그러나 두 사람은 언제나 그런 위기를 잘 헤쳐 나갔다. 서로 결합할 수밖에 없는 강한 기반을 가지고 있었기 때문이다. 마거릿은 매코머가 이혼하기에는 너무도 아름다웠고, 매코머는 마거릿이 영영 차

---

77 마틴 존슨(Martin Johnson, 1884~1937)과 오사 존슨(Osa Johnson, 1894~1953): 미국의 수렵가이자 영화 제작자로 아프리카 사파리를 영화로 만들었다.

78 존슨 부부가 주로 수렵 여행을 한 케냐를 가리킨다.

버리기에는 너무도 돈이 많았던 것이다.

　새벽 3시쯤 프랜시스 매코머는 사자 생각을 물리치고 난 뒤 잠깐 잠들었다 깨어 다시 잠들었지만 피투성이가 된 머리통을 한 사자가 그의 가슴을 억누르는 악몽에 깜짝 놀라 또다시 잠에서 깨고 말았다. 그리고 심장이 마구 뛰는 소리에 귀를 기울이고 있다가 텐트 안 다른 침대에 아내가 없다는 사실을 깨닫게 되었다. 그 사실을 깨닫고 그는 두 시간 동안이나 눈을 뜬 채 누워 있었다.

　두 시간쯤 지나서야 아내는 텐트로 되돌아와 모기장을 쳐들고 기분 좋은 듯이 침대로 기어 들어갔다.

　"어디 갔다 오는 거야?" 매코머가 어둠 속에서 물었다.

　"여보, 깨어 있었어요?" 그녀가 말했다.

　"어디 갔다 오냐고?"

　"잠깐 밖에서 바람 좀 쐬고 왔어요."

　"행여나 그랬겠군."

　"무슨 말을 듣고 싶은 거예요, 여보?"

　"어디 갔다 왔느냔 말이야?"

　"바람 쐬러 갔다 왔다니까요."

　"요즘에는 그렇게 부르는 모양이군. 이 암캐 같은 년."

　"흥, 내가 암캐면 당신은 겁쟁이겠죠."

　"좋아. 그래서 어떻단 말이야?" 그가 대꾸했다.

　"나한테는 아무 상관 없는 일이에요. 하지만 제발 말하지 말아요, 여보. 지금은 몹시 졸려 죽을 지경이니까."

　"그래, 무슨 짓이건 내가 받아들일 줄 아는 거야?"

　"그럴 줄 알았죠, 여보."

　"천만에, 어림 반 푼도 없지."

"제발 부탁이에요, 여보. 말하지 말자고요, 너무 졸려요."

"그런 짓은 하지 않기로 했잖아. 안 하겠다고 약속했잖아."

"하지만 지금은 사정이 다르죠." 그녀가 부드럽게 말했다.

"이번 여행에서는 그따위 짓은 하지 않겠다고 했다고. 약속했잖아."

"그래요, 약속했죠, 여보. 나도 처음에는 그러려고 했어요. 하지만 어제 일로 이번 여행은 엉망이 됐어요. 그러니 그 얘기는 할 필요가 없지 않나요?"

"당신은 자기한테 유리할 땐 오래 기다리는 법이 없군, 안 그래?"

"제발 부탁이에요. 그만둡시다. 졸려 죽겠다니까요, 여보."

"아냐, 말해야겠어."

"그럼 혼자서 떠들어요. 난 잘 테니까요." 그리고 그녀는 잠들고 말았다.

해 뜨기 전 그들 세 사람은 함께 식탁에 앉아 아침 식사를 했다. 그때 프랜시스 매코머는 지금까지 싫은 사내가 많았지만 로버트 윌슨만큼 끔찍이 싫은 사내는 없었다는 사실을 깨달았다.

"잘 주무셨습니까?" 윌슨이 파이프에 담배를 채우면서 목이 쉰 듯한 소리로 물었다.

"당신은 잘 잤소?"

"더할 나위 없이 푹 잤습니다." 백인 사냥꾼 윌슨이 대답했다.

이 후레자식 같으니! 이 버릇없는 후레자식 같으니! 하고 매코머는 생각했다.

그러고 보니 여자가 침대로 돌아갔을 때 이 사람을 깨운 모양이로군, 하고 윌슨은 무표정하고 냉정한 눈초리로 두 사람을 쳐다보면서 생각했다. 그렇다면 자기 여편네 좀 잘 간수할 것이지. 도대체 나를 뭐로 생각하는 거야? 돌부처로 생각하는 모양이지? 남편이라면 제 여편네는 붙잡아 둘 줄 알아야지. 이게 다 제 탓이지 누구 탓이야.

"물소를 찾을 수 있을까요?" 마거릿이 살구가 담긴 접시를 밀어내면서 물었다.

"그럴 가능성은 있죠. 하지만 부인께선 캠프에 남아 있는 게 어떻겠습니까?" 윌슨이 이렇게 말하고는 그녀를 향해 미소를 지었다.

"절대로 그럴 순 없어요." 그녀가 그에게 대답했다.

"부인께 캠프에 남아 있도록 명령하시죠." 윌슨이 매코머에게 말했다.

"당신이 명령하지그래." 매코머가 쌀쌀맞게 말했다.

"명령이니 뭐니 하는 그런 바보 같은 말은 하지 마요, 프랜시스." 마거릿이 매코머를 향해 자못 유쾌한 듯이 말했다.

"출발 준비는 다 됐나?" 매코머가 물었다.

"언제든지 출발할 수 있습니다. 멤사힙께서도 같이 가길 원하십니까?" 윌슨이 물었다.

"내가 원하고 안 원하고가 중요해?"

제기랄! 하고 로버트 윌슨은 생각했다. 빌어먹을! 그래, 일이 이렇게 되어 가는군. 결국 이렇게 되어 가는 거야.

"그야 별로 중요하지 않죠." 그가 대꾸했다.

"설마 당신은 내 아내와 함께 캠프에 남아 있고 나 혼자 나가서 물소를 잡아 오기를 바라는 건 아니겠지?" 매코머가 물었다.

"그럴 수야 없죠. 내가 선생이라면 그런 잠꼬대 같은 소리는 하지 않을 겁니다." 윌슨이 대꾸했다.

"잠꼬대가 아냐. 역겨워서 그래."

"역겹다니, 듣기 민망한 말이군요."

"프랜시스, 좀 더 분별 있게 말할 수 없나요?" 그의 아내가 말했다.

"지나칠 정도로 분별 있게 말하고 있는 거야. 그래, 이렇게 더러운 음식 먹어 본 적 있나?" 매코머가 물었다.

"음식이 뭐 잘못됐나요?" 윌슨이 조용히 물었다.

"다른 일도 다 마찬가지지."

"나 같으면 마음을 좀 가라앉히겠습니다, 겁쟁이 선생. 식탁 시중을 드는 아이 하나는 영어를 조금 알아들으니 말입니다." 윌슨이 아주 조용하게 말했다.

"그까짓 아이가 무슨 상관이야."

윌슨은 자리에서 일어나 파이프를 빨면서 걸어가 그를 기다리고 서 있는 원주민 운반인 한 사람에게 천천히 스와힐리어로 뭐라고 말했다. 매코머와 그의 아내는 식탁에 앉아 있었다. 그는 커피 잔을 물끄러미 바라보고 있었다.

"만약 당신이 소동을 일으킨다면 난 당신하고 헤어지고 말 거예요, 여보." 마거릿이 조용히 말했다.

"아니, 그러지 못할걸."

"안 그러는지 어디 한번 두고 봐요."

"차마 나한테서 떠나진 못할걸."

"그래요. 떠나지 않을 테니 당신도 처신 잘해요."

"처신 잘하라고? 그런 말버릇이 어디 있어. 처신을 잘하라니."

"그래요. 처신 좀 잘하라 이 말이에요."

"그럼 당신은 왜 처신을 잘하지 않는 거지?"

"오랫동안 잘하려고 노력해 왔어요. 정말 오랫동안요."

"난 저 붉은 낯짝을 한 돼지 자식이 싫어. 보기만 해도 구역질이 난단 말이야." 매코머가 말했다.

"저 사람은 정말 훌륭한 사람이에요."

"아, 입 닥쳐!" 매코머는 거의 소리를 지르다시피 했다. 바로 그때 자동차가 와서 식당 텐트 앞에 멈춰 섰고, 운전기사와 원주민 엽총 운반인 둘이 차에서 내렸다. 윌슨이 걸어와 식탁에 앉아 있는 그들 부부를 쳐다보았다.

"사냥 나갈 겁니까?" 그가 물었다.

"암, 그래야지. 갑시다." 매코머가 자리에서 일어서면서 말했다.

"털 스웨터를 갖고 가는 게 좋을 겁니다. 차 안은 추우니까요." 윌슨이 말했다.

"난 가죽 재킷을 갖고 가겠어요." 마거릿이 말했다.

"그건 아이가 갖고 있습니다." 윌슨이 그녀에게 말했다. 그는 운전기사와 함께 앞 좌석에 올라타고 프랜시스 매코머와 그의 아내는 한마디 말도 없이 뒷좌석에 앉았다.

이 거지 같은 자식이 내 뒤통수를 날려 버릴 생각을 하지 않았으면 좋겠는데, 하고 윌슨은 생각했다. 여자란 원정 수렵에는 귀찮은 존재야.

잿빛 아침 햇살을 받으며 자동차는 아래쪽으로 내려가 조약돌이 깔린 얕은 여울에서 강을 건넌 뒤 가파른 강둑을 비스듬히 기어 올라갔다. 그곳은 전날 윌슨이 삽으로 길을 만들도록 일러두었던 곳으로, 그들은 지금 공원처럼 나무가 우거지고 기복이 있는 건너편까지 차를 몰고 갈 수 있었다.

상쾌한 아침이라고 윌슨은 생각했다. 이슬이 무겁게 내려 앉았고 바퀴가 풀숲과 낮은 덤불을 헤치고 지나갈 때 납작하게 깔린 엽상 식물의 향기로운 냄새가 풍겼다. 꼭 마편초 냄새 같았다. 자동차가 길 없는 공원 같은 곳을 지나갈 때 풍기는 이른 아침의 이슬 냄새며, 바퀴에 짓밟힌 고사리 냄새 그리고 이른 새벽안개 속에 검실검실 보이는 나무줄기의 모습이 좋았다. 지금 그는 뒷좌석에 앉아 있는 두 사람에 대해서는 잊고 오직 물소만을 생각했다. 뒤쫓으려는 물소는 낮에는 초목이 우거진 깊은 늪에 숨어 있어서 도저히 총을 쏠 수 없지만 밤이 되면 먹이를 찾아 넓은 초원으로 나온다. 그래서 만약 자동차로 놈들과 놈들이 있는 늪 사이에 들어갈 수만 있다면 매코머는 넓은 초원에서 놈들을 사냥할 기회를 얻을지 모른다. 우거진 덤불 속에 들어가서 매코머와 함께 물소를 사냥하고 싶지는 않았다. 매코머하고는 물소건 무엇이건 같이 사냥하고 싶은 생각이 조금도 없었지만, 그는 직업 수렵가로 한창때는 보기 드물게 괴팍한 친구들과 함께 사냥한 일도 있었다. 만약 오늘 물소를 잡게 된다면 다음 목표는 코뿔소가 될 것이다. 이 가련한 사내도 위험천만한 원정 수렵을 경험하고 나면 사정이 좀 나아질 것이다. 자신은 저 여자와 이제 더 아무 관계도 없을 것이고, 매코머 또한 그 일을 극복하게 될 것이다. 꼴을 보아 하니 이 친구는 전에도 이런 일을 여러 번 겪은 모양이었다. 이 불쌍한 거지 같은 친구. 틀림없이 나름대로 그런 일을 극복하는 방법이 있을 거야. 어쨌든 이렇게 된 것은 저 가련한 녀석이 저지른 실수 아니던가.

로버트 윌슨은 뜻밖의 행운이 갑자기 굴러 들어올 때를

대비하여 원정 수렵을 할 때는 늘 더블 사이즈의 간이침대를 갖고 다녔다. 전에도 여러 나라 사람들이 뒤섞인 방탕하고 스포츠를 좋아하는 단골손님들을 위해 사냥을 나간 일이 있었다. 그런데 그 일행의 여자들은 이 백인 수렵인과 침대를 같이 하지 않으면 지불한 돈에 대해 보람을 느끼지 못했다. 그 무렵에 그중에는 꽤 마음에 드는 여자들도 있었지만 헤어지고 나면 그들을 경멸했다. 그러나 그는 그런 사람들 때문에 생계를 이어 왔고, 그들에게 고용된 동안은 그들의 기준에 따라 행동해야 했다.

사격을 제외한 모든 일에서 윌슨은 그들의 기준을 따라야 했다. 그러나 수렵할 때는 자신만의 기준이 있었고, 그래서 그들은 그의 표준에 따라 행동하든지 그렇지 않으면 다른 안내인을 고용하는 수밖에 없었다. 그 점 때문에 그들이 모두 자신을 존경한다는 것을 그는 잘 알았다. 그런데 이 매코머라는 인간은 기이한 친구였다. 제기랄, 정말 기이하지 않다면 내 성(姓)을 갈겠어. 지금 놈의 아내가 있거든. 아내가 있어. 그렇지, 아내 말이야. 흠, 그녀는 그놈의 아내라는 말이지. 어쨌든 그따위 것은 이제 모두 잊어버렸어. 윌슨은 고개를 돌려 그들 쪽을 바라보았다. 매코머는 험상궂고 화가 난 표정으로 앉아 있었고, 마거릿은 그에게 미소를 보내고 있었다. 오늘 그녀는 다른 날보다 더 젊고 청순해 보였지만 직업여성처럼 아름답지는 않았다. 이 여자가 머릿속으로 무슨 생각을 하는지 도무지 알 도리가 있어야지, 하고 윌슨은 생각했다. 간밤에 그녀는 별로 말이 없었어. 어쨌든 얼굴만 쳐다봐도 자못 기분이 좋군.

자동차는 천천히 나지막한 오르막을 기어올라 숲 사이를

달린 다음 풀이 우거진 대초원 같은 빈 땅으로 나와 들판의 가장자리 그늘진 곳을 따라 계속 달려갔다. 운전기사는 속도를 늦추었고 윌슨은 초원을 가로질러 또 건너편 너머 일대를 조심스럽게 살펴보았다. 그는 차를 멈추게 하고 쌍안경으로 들판을 샅샅이 살펴보았다. 그러고 나서 운전기사에게 앞으로 계속 나아가도록 손짓을 하자 자동차는 흑멧돼지 구멍을 피하고 개미가 만들어 놓은 진흙 집을 비켜 가며 천천히 굴러갔다. 바로 그때 공터를 건너다보고 있던 윌슨이 갑자기 고개를 돌리며 소리를 질렀다.

"맙소사, 놈들이 저기 있어요!"

자동차는 앞쪽으로 튀어 나가고 윌슨은 운전기사에게 스와힐리어로 재빨리 뭐라고 말하는 동안 윌슨이 손가락질하는 곳을 바라보니 거대한 검은 짐승 세 마리가 매코머의 눈에 들어왔다. 길쭉하고 육중한 몸뚱이가 마치 원통처럼 보이는 짐승들이 검고 큼직한 유조차(油槽車)처럼 탁 트인 초원의 반대쪽 끝을 가로질러 질주하고 있었다. 짐승들은 목을 빳빳이 쳐들고 몸뚱이를 쑥 내민 채 달리고 있었는데, 번쩍 치켜들고 달리는 머리통 끝에는 검은 뿔이 위쪽으로 넓게 뻗어 있었다. 머리통은 움직이는 것 같지 않았다.

"세 마리 모두 늙은 물소입니다. 습지에 닿기 전에 놈들의 길을 막아 버립시다." 윌슨이 말했다.

자동차는 시속 70킬로미터가 넘는 속도로 텅 빈 들판을 달리고 있었다. 매코머가 지켜보니 물소가 점점 크게 보이다가 드디어 털 없이 우툴두툴한 거대한 잿빛 물소 한 마리가 눈에 들어왔다. 어깨와 어깨 사이에 목덜미가 푹 파묻혀 있고 줄지어 꾸준히 달리는 다른 두 마리의 조금 뒤쪽을 달릴 때는 뿔이 까맣게 번쩍였다. 그리고 그때 자동차가 길을 뛰어넘기라도 하듯이 크게 흔들리더니 일행은 물소 가까이에 다가와 있었다. 앞으로 넘어질 듯이 돌진하는 물소의 거대한 몸집이며, 털이 성긴 먼지투성이 피부며, 널찍하게 솟은 뿔이며, 콧구멍이 널찍하고 길게 늘어진 주둥이가 그의 눈에 들어왔다. 그가 총을 들고 쏠 자세를 취하려 하자 윌슨이 "차에서 쏴선 안 돼요, 이 바보 같은 양반아!" 하고 외쳤다. 그 순간 매코머는 윌슨에 대한 증오심을 느꼈을 뿐 공포 같은 건 전혀 느끼지 않았다. 브레이크가 걸리더니 자동차가 옆으로 미끄러지며 가까스로 멈춰 섰다. 윌슨이 한쪽에서 내리고 그는 다른 쪽에서 내렸는데, 차가 미처 멈추기 전이라 발이 땅바닥에 부딪쳐 비틀거렸다. 그러고 나서 매코머는 총을 치켜들어 달아나는 물소를 겨눠 쏘았다. 총알이 한 발 두 발 탕탕 하고 물소 몸에 맞는 소리가 들렸다. 마침내 앞쪽 어깨와 어깨 사이에 퍼부어야 한다는 생각이 들자 그는 꾸준히 달리고 있는 물소를 향해 총알을 있는 대로 계속 쏘아 댔다. 다시 총알을 장전하려고 더듬거리는데 물소가 쓰러지는 모습이 보였다. 물소는 무릎을 꿇고 큼직한 머리통을 앞쪽으로 내젓고 있었다. 그는 나머지 다른 두 마리가 달리는 것을 보고 이번에는 앞장선 놈을 쏘아 명중시켰다. 또 한 발 쏘았지만 이번에는 맞지 않다. 꽝! 하고 울리는 윌슨의 총소리가 들리더니 선두에 선 물소가 코를 박고 앞으로 고꾸라졌다.

"저기 나머지 놈을 쏴요. 지금 쏘고 있는 놈 말이오." 윌슨이 소리쳤다.

그러나 물소는 같은 속도를 꾸준히 유지하며 달아났다. 매코머가 쏜 총알은 맞지 않고 먼지만 푹 일으켰으며, 윌슨의 총알도 빗나가 먼지가 구름처럼 자욱이 일어났다. 그러자 윌슨이 "자, 갑시다. 거리가 너무 멀어요!" 하고 소리 지르며 그의 팔을 붙잡았다. 매코머와 윌슨은 다시 자동차에 올라타 차의 양쪽에 한 사람씩 매달린 채 우툴두툴한 지면 위를 흔들거리며 돌진하여, 꾸준한 속력으로 넘어질 듯 곧장 달려가는 목이 묵직한 물소를 뒤쫓아 갔다.

그들은 물소 뒤로 다가섰고, 매코머가 총알을 장전하다 땅바닥에 떨어뜨린 탄환을 주워서 억지로 총에 쑤셔 넣다 막히고, 막힌 것을 뚫고 하는 동안 그들은 물소와 거의 닿을 정도로 가까워졌다. 그때 윌슨이 "스톱!" 하고 고함을 치자 자동차는 뒤로 미끄러져 자빠질 뻔했고, 매코머는 앞으로 뛰어내려 노리쇠를 앞으로 젖히고는 될 수 있는 대로 앞쪽으로 질주하는 검고 둥근 등을 겨누어 쏘았다. 겨누고 쏘고 또다시 겨누고 쏘고를 반복했지만 총알은 모두 명중해도 물소는 꿈쩍하지 않았다. 그때 귀가 멍멍할 정도로 윌슨이 총을 쏘는 소리가 들리더니 물소가 비틀거리기 시작했다. 매코머가 조심스럽게 겨누어 한 발 다시 쏘자 물소가 무릎을 꿇고 픽 쓰러지고 말았다.

"잘했어요. 훌륭한 솜씨요. 세 마리 다 잡았습니다." 윌슨이 말했다.

매코머는 희열에 도취되었다.

"당신은 몇 번이나 쏘았나?" 그가 물었다.

"꼭 세 발 쏘았습니다. 처음 물소는 선생이 잡았죠. 제일 큰 놈 말입니다. 나머지 두 마리도 선생이 잡는 걸 나는 돕기만 했죠. 놈들이 늪 속에 숨어 버리지나 않을까 걱정했거든요. 모두 선생이 잡은 겁니다. 난 그저 손을 조금 빌려 드렸을 뿐이에요. 선생의 사격 솜씨는 아주 굉장했어요." 윌슨이 말했다.

"자동차 있는 곳으로 돌아가지. 한잔하고 싶군." 매코머가 말했다.

"그 전에 저놈을 먼저 처치해 버리죠." 윌슨이 말했다. 물소는 무릎을 꿇고 있었다. 두 사람이 다가가자 물소는 머리를 사납게 쑥 흔들어 대면서 돼지 눈깔같이 가느다란 눈에 노기를 띠고 무섭게 으르렁댔다.

"놈이 일어나지 않도록 조심하십시오. 조금 옆으로 돌아가서 귀 바로 뒤쪽 목덜미를 보기 좋게 한 방 쏘시죠." 윌슨이 말했다.

매코머는 성이 나서 사납게 휘둘러 대는 큼직한 목덜미 한복판을 조심조심 겨누어 쏘았다. 그제야 물소는 목을 앞쪽으로 푹 떨어뜨렸다.

"이제 됐어요. 척추에 맞았습니다. 참 흉측하게 생긴 놈들이죠?" 윌슨이 물었다.

"자, 한잔하지." 매코머가 말했다. 지금까지 살면서 이렇게 신바람이 난 적은 일찍이 없었다.

자동차 안에는 매코머의 아내가 새파랗게 질린 얼굴로 앉아 있었다. "대단했어요, 여보." 그녀가 매코머에게 말했다. "자동차 길은 또 얼마나 험했고요."

"차를 너무 거칠게 몰았던가요?" 윌슨이 물었다.

"정말 혼났어요. 이제껏 이렇게 무서웠던 적은 없었어요."

"다 같이 한잔하지." 매코머가 제안했다.

"당연히 그래야죠. 우선 부인께 먼저." 윌슨이 말했다. 그녀는 휴대용 술병에서 위스키를 들이마시면서 술이 목구멍을 넘어갈 때 조금 몸을 떨었다. 그런 뒤 매코머에게 술병을 건네주었고, 매코머가 이번에는 윌슨에게 건네주었다.

"정말 손에 땀을 쥐게 했어요. 그 바람에 머리까지 몹시 아프던걸요. 그런데 자동차를 타고 쏴도 되는 줄은 몰랐네요." 그녀가 말했다.

"차에선 아무도 쏘지 않았습니다." 윌슨이 쌀쌀맞게 대꾸했다.

"내 말은 놈들을 자동차로 뒤쫓았다는 말이에요."

"보통은 그렇게 하지 않죠. 하지만 그렇게 하는 동안은 아주 재미있습니다. 걷는 것보다는 웅덩이니 그 밖의 이런저런 장애물이 있는 초원을 그처럼 자동차로 쫓으면 놈들을 잡을 기회가 훨씬 많지요. 물소라는 놈은 마음만 먹으면 우리가 총을 쏠 때 번번이 덤벼들 수 있거든요. 놈에게 모든 기회를 준 셈이죠. 하지만 나 같으면 이 말은 어느 누구에게도 발설하지 않을 겁니다. 부인께서 말한 게 그런 뜻이라면 이건 위법 행위니까요."

"나한테는 몹시 부당하게 보였어요. 저렇게 크고 무력한 짐승을 자동차로 쫓는 게 말이에요." 마거릿이 말했다.

"그랬던가요?" 윌슨이 물었다.

"나이로비에서 이 말을 들으면 어떻게 될까요?"

"우선 나는 면허증을 뺏길 겁니다. 그 밖에도 여러 불쾌한 일이 일어날 수 있죠." 윌슨은 술병을 들어 한 모금 마시면서 말했다. "일자리를 잃게 되는 거죠."

"정말로요?"

"네, 정말로요."

"그렇다면 당신은 내 아내한테 약점을 잡힌 셈이군." 매코머가 그날 처음으로 웃음을 띠며 말했다.

"여보, 당신 말하는 솜씨가 정말 멋진데요." 마거릿 매코머가 말했다. 그러자 윌슨이 두 사람을 쳐다보았다. 그는 마음 속으로 이렇게 생각했다. 만약 여자를 무지하게 밝히는 남자 가 남자를 더 밝히는 여자와 결혼한다면 도대체 어떤 애들이 태어날까? 그러나 그가 막상 입 밖으로 내뱉은 말은 "엽총 운 반인 한 명이 안 보이는군요. 알고 있었습니까?"였다.

"저런, 전혀 몰랐는데." 매코머가 말했다.

"아, 저기 오는군요. 아무렇지도 않습니다. 우리가 첫 번째 물소가 있는 곳에서 떠날 때 차에서 떨어졌던 게 틀림없어요."

그들을 향해 가까이 다가오는 사람은 중년의 엽총 운반인 으로, 그는 그물처럼 뜬 모자를 쓰고 카키색 윗도리와 짧은 바 지에 고무신을 신고 우울하고 괴로운 표정으로 다리를 절름 거리며 걸어오고 있었다. 가까이 다가온 그는 윌슨에게 스와 힐리어로 뭐라고 지껄였고, 그러자 모두들 백인 수렵인의 얼 굴빛이 갑자기 변하는 것을 볼 수 있었다.

"지금 뭐라고 말하는 건가요?" 마거릿이 물었다.

"첫 번째 물소가 일어나 덤불 속으로 도망쳤답니다." 윌 슨이 아무런 감정이 섞이지 않은 목소리로 대답했다.

"아, 저런!" 매코머가 멍청하게 말했다.

"그럼 꼭 그 사자 꼴이 되겠네요." 마거릿이 예상하고 있 었다는 듯이 말했다.

"사자하고는 조금도 같지 않을 겁니다." 윌슨이 대답했 다. "매코머 씨, 한잔 더 하시겠습니까?"

"그러지, 고맙소." 그는 사자에 대해 느꼈던 감정이 되살 아나리라 생각했지만 그렇지는 않았다. 태어나고 처음으로 그는 전혀 공포를 느끼지 않았다. 공포 대신에 오히려 희열을 맛보고 있었다.

"두 번째 물소를 보러 가시죠. 운전사에게 자동차를 그늘 아래에 두도록 이르겠습니다." 윌슨이 말했다.

"뭘 하시려고요?" 마거릿 매코머가 물었다.

"잠깐 물소를 보고 오려고요." 윌슨이 대답했다.

"나도 가겠어요."

"그럼 따라오십시오."

세 사람은 걸어서 두 번째 물소가 머리를 앞쪽으로 숙이고 큼직한 뿔을 양쪽으로 널따랗게 뻗은 채 거무스름하게 누워 있는 텅 빈 들판으로 나아갔다.

"아주 근사한 머리통입니다. 너비가 1미터 20센티미터는 넘겠는걸요." 윌슨이 말했다.

매코머는 기쁜 표정으로 땅바닥에 쓰러져 있는 물소를 내려다보았다.

"보기만 해도 흉측해요. 그늘에 들어가 있을 순 없나요?" 마거릿이 물었다.

"물론이죠." 윌슨이 대답했다. 그는 이번에는 매코머 쪽을 향해 말하며 손가락으로 가리켰다. "보십시오. 저기 저 덤불 자락이 보이죠?"

"그래, 보이는군."

"첫 번째 물소가 들어간 곳이 바로 저기예요. 운반인 말로는, 그 사람이 자동차에서 떨어졌을 때 물소도 쓰러졌답니다. 그리고 우리가 차를 몰아가고 물소 두 마리가 뛰어 달아나는 걸 지켜보고 있었다는 겁니다. 그 사람이 고개를 들어 보니 첫 번째 물소가 일어나서 그를 노려보고 있더라나요. 그래서 그 사람은 죽어라고 도망쳤고, 물소는 유유히 저 덤불 속으로 사라져 버렸다는군요."

"지금 당장 뒤쫓아 들어갈 순 없을까?" 매코머가 애가 탄다는 듯이 물었다.

윌슨은 살피는 듯한 눈초리로 그를 쳐다보았다. 정말 이상한 인간이군, 하고 그는 생각했다. 어제는 겁에 질려 죽을상이더니 오늘은 기세가 팔팔해서 혈기가 넘치다니.

"아니, 놈에게 좀 더 시간을 줘야 합니다."

"제발 그늘 밑으로 들어가요." 마거릿이 사정했다. 그녀는 얼굴이 창백했고 몸이 불편해 보였다.

그들 셋은 나뭇가지가 사방으로 퍼진 나무 아래 자동차가 서 있는 곳으로 걸어가 차에 올라탔다.

"모르긴 몰라도 놈은 저 속에서 죽어 있을지도 모릅니다. 잠깐 있다 보러 가죠." 윌슨이 말했다.

매코머는 도무지 설명이 안 되는 이상한 행복감에 젖어 있었다. 지금껏 살면서 한 번도 느껴 보지 못한 감정이었다.

"아, 이거야말로 진짜 사냥이었어. 이런 기분은 처음이야. 마거릿, 당신도 신나지 않았어?" 그가 물었다.

"난 끔찍이 싫었어요."

"왜?"

"싫었어요. 혐오스러웠다고요." 그녀가 불쾌한 표정으로 내뱉었다.

"이제는 두 번 다시 아무것도 두려워하지 않을 것 같은 기분이 드는군. 처음 물소를 보고 쫓아가기 시작했을 때부터 내겐 뭔가 변화가 일어났어. 마치 댐이 무너져 내렸다고나 할까. 순수한 흥분이었지." 매코머가 윌슨에게 말했다.

"겁쟁이 마음을 깨끗이 씻어 버린 모양이죠. 사람들에겐 참으로 묘한 일들이 일어나는 법이거든요." 윌슨이 말했다.

매코머의 얼굴이 반짝반짝 빛나고 있었다. "분명히 뭔가 변화가 일어나긴 일어난 모양이야. 완전히 다른 인간이 된 것 같은 기분이니까." 그가 대꾸했다.

그의 아내는 아무 말 없이 이상스럽다는 듯 그를 쳐다보고 있었다. 그녀는 뒷자리에 몸을 깊숙이 묻고 앉아 있었고, 매코머는 앞쪽으로 다가앉아 몸을 비스듬히 돌려 뒤쪽을 향해 말하고 있는 윌슨에게 말을 걸었다.

"한 번만 더 그놈의 사자와 마주치면 좋겠군. 이제 사자 쯤은 조금도 무섭지 않아. 결국 놈들이 무슨 짓을 할 수 있겠어?" 매코머가 말했다.

"바로 그겁니다. 최악의 경우 기껏해야 상대를 죽이기밖에 더 하겠습니까." 윌슨이 맞장구쳤다. "그다음이 어떻게 되던가요? 셰익스피어가 한 말 있잖아요. 참으로 멋진 말인데요. 잘 기억하고 있나 한번 보십시오. 아, 참 좋은 구절이었죠. 한때는 곧잘 인용하곤 했습니다만. 가만 있자. '결코 걱정하지 않을 테다. 인간이 죽는 건 오직 한 번뿐. 죽음은 하느님이 주신 것이니 될 대로 내버려 둘 일이다. 올해 죽는 놈이 내년에 다시 죽지는 않는 법.'79 참으로 근사한 말이잖습니까?"

자신의 생활신조인 이 말을 꺼내고 나니 윌슨은 어쩐지 쑥스러웠다. 그러나 이전에도 그는 사람들이 어른이 되는 것을 보아 왔고, 그럴 때마다 언제나 감동을 받곤 했다. 어른이 된다는 것은 스물한 번째 생일을 맞는 것과는 또 다른 것이었다.

이런 변화가 매코머에게 일어난 것은 이것저것 생각할 것 없이 불시에 행동으로 돌입해야 했기 때문에, 즉 사냥이라는

---

79 윌리엄 셰익스피어의 『헨리 4세』 2부, 3막 2장에 나오는 구절.

이 기묘한 우연을 만났기 때문이었다. 그러나 그 변화가 어떻게 일어났는가와 상관없이 변화가 일어난 것만은 틀림없는 사실이었다. 저 거지 같은 녀석 꼴 좀 보게나, 하고 윌슨은 생각했다. 녀석들 중에는 오랫동안 어린애로 남아 있는 놈도 있지, 하고 윌슨은 생각했다. 때로는 죽을 때까지 평생 어린애 티를 벗지 못하는 놈도 있거든. 나이 오십이 되었는데도 어른 가면을 쓴 채 여전히 어린애로 남아 있는 사람들 말이야. 저 위대한 미국의 애늙은이들. 참말로 묘한 족속들이야. 그러나 지금 이 매코머라는 사내는 마음에 드는 것 같군. 정말 이상한 친구야. 어쩌면 이제 여편네의 서방질도 끝이 나겠어. 그래, 그래야지. 하여튼 정말 잘된 일이야. 정말 잘된 일이라고. 저 거지 같은 녀석은 평생 겁을 먹고 살아왔을 거야. 어쩌다 그렇게 됐는지는 알 수 없지. 하지만 이제 모두 끝났군. 물소를 상대로는 겁을 먹을 여유도 없었던 거야. 게다가 또 화가 나 있었고. 자동차도 한몫 거들었지. 자동차가 있었기에 쉽게 할 수 있었던 거야. 지금은 아주 기세가 대단하군. 똑같은 광경을 전쟁 영화에서 보았을 테지. 처녀성을 상실하는 것보다 더 큰 변화였어. 마치 수술한 것처럼 공포가 사라져 버렸거든. 대신 그 자리에 뭔가 다른 것이 들어섰어. 사내라면 가져야 할 중요한 뭔가가 말이야. 사내답게 해 주는 것 말이지. 여자들도 이런 것쯤은 알고 있어. 겁을 먹지 않았다는 것 말이야.

좌석의 한쪽 귀퉁이에서 마거릿 매코머는 두 사내를 바라보았다. 윌슨은 변한 게 없었다. 그 전날 그녀가 그의 위대한 재능이 어떤 것인지 처음 알았을 때와 전혀 다르지 않았다. 그러나 지금 프랜시스 매코머는 변한 게 보였다.

"앞으로 일어날 일을 생각하면 행복감 같은 게 느껴지지 않나?" 매코머가 새로 획득한 자산을 아직도 탐색하면서 물었다.

"선생이 그런 말을 하면 안 되죠. 오히려 두렵다고 하는 게 훨씬 더 어울릴 것 같은데요. 보십시오. 앞으로도 겁먹을 일은 얼마든지 있을 테니 말입니다." 윌슨이 상대편의 얼굴을 쳐다보면서 말했다.

"어쨌든 다음에 할 행동에 대해 행복을 느끼나?"

"그럼요. 하지만 그뿐입니다." 윌슨이 대답했다. "이런 일에 대해선 너무 말을 많이 하지 않는 게 좋습니다. 말이 많으면 모두 망쳐 버리거든요. 뭐든지 너무 많이 지껄이고 나면 재미가 사라지는 법입니다."

"두 분 모두 쓸데없는 소리만 하네요. 불쌍한 짐승 몇 마리를 자동차로 몰고 나서는 마치 영웅이나 된 것처럼 말하나고요." 마거릿이 대꾸했다.

"미안합니다. 허풍이 좀 지나쳤던 것 같군요." 윌슨이 사과했다. 이 여자는 그 일에 대해 벌써 걱정하고 있구나, 하고 그는 생각했다.

"우리들 얘기가 이해 안 되면 좀 빠져 주시지." 매코머가 자기 아내에게 말했다.

"당신은 굉장히 용감해졌어요. 그것도 굉장히 갑작스럽게." 그의 아내는 경멸하듯이 말했지만 그 태도에는 자신감이 없었다. 뭔가 몹시 두려워하고 있었다.

매코머는 껄껄 웃었다. 마음속에서 우러나온 아주 자연스러운 웃음이었다. "그런 느낌이 들었어. 정말 그런 느낌이 들었다고." 그가 말했다.

"좀 늦은 거 아닌가요?" 그녀가 따끔하게 말했다. 그녀는 지난 긴 세월 동안 할 수 있는 한 최선을 다해 왔고, 지금 그들이 이렇게 되어 버린 것도 어느 한 사람의 잘못은 아니었기 때문이다.

"나한테는 늦지 않았지." 매코머가 대답했다.

마거릿은 아무런 대꾸도 하지 않고 좌석 한구석에 몸을 깊숙이 기대고 앉았다.

"이 정도면 놈에게 시간을 충분히 준 거 아닐까?" 매코머가 쾌활하게 윌슨에게 말했다.

"그럼 이제 보러 가죠. 총알은 아직 남아 있죠?" 윌슨이 물었다.

"엽총 운반인이 좀 갖고 있어."

윌슨이 스와힐리어로 원주민을 부르자 물소의 머리통을 벗기고 있던 나이 먹은 원주민이 일어나더니 주머니에서 탄환 상자를 꺼내 매코머에게 건네주었다. 매코머는 탄환을 탄창에 넣고 나머지 탄환을 주머니에 집어넣었다.

"선생은 스프링필드 엽총으로 쏘는 게 좋을 겁니다. 그 총이 손에 익었을 테니 말이죠. 만리처[80] 엽총은 차 안에 있는 부인께 맡겨 두고 가십시오. 선생의 무거운 총은 엽총 운반인이 가져갈 겁니다. 난 이 대포 같은 총을 들고 가겠습니다. 자, 그럼 다음은 그 물소 말인데요." 윌슨이 말했다. 그는 매코머가 걱정하지 않도록 이 말을 마지막 순간까지 꺼내지 않고 있었다. "물소는 덤벼들 때 머리를 높이 쳐들고 똑바로 돌진해 옵니다. 쑥 내민 뿔이 머리를 향해 쏘는 총알을 막아 주죠. 가장 좋은 방법은 코에다 대고 똑바로 쏘는 겁니다. 그다음에는

---

80 독일에서 생산하는 고급 엽총.

가슴팍을 겨누든지, 모로 서 있으면 목덜미나 어깨를 쏘아야 합니다. 일단 한 번 맞으면 놈들은 거칠게 몸부림을 칠 겁니다. 그러니 절대로 무리한 짓을 해서는 안 됩니다. 그 자리에서 가장 편안하게 사격하십시오. 저 사람들이 껍질을 다 벗긴 모양이군요. 자, 그럼 출발할까요?"

윌슨이 엽총 운반인들을 부르자 그들은 손을 닦으면서 다가왔고, 나이 든 원주민이 차 뒤쪽에 올라탔다.

"콩고니만 데리고 가겠습니다. 다른 아이는 새들을 쫓도록 하죠." 윌슨이 말했다.

자동차가 넓은 늪지를 가로지르는 메마른 수로를 따라 풀잎이 혀 모양으로 뻗은 덤불숲을 향해 빈 들판을 천천히 달리는 동안, 매코머는 가슴이 두근거리고 입이 다시 바싹 말랐지만, 그것은 흥분 때문이었지 공포 때문은 아니었다.

"여기가 놈이 기어 들어간 곳이죠." 윌슨이 말했다. 그러고 나서 그는 엽총 운반인에게 스와힐리어로 "핏자국을 따라서 가." 하고 말했다.

자동차는 덤불 더미와 평행으로 세워 놓았다. 매코머, 윌슨, 그다음은 엽총 운반인의 순서로 차에서 내렸다. 매코머가 뒤돌아보니 아내는 총을 곁에 놓고 그를 쳐다보고 있었다. 아내를 향해 손을 흔들었지만 그녀는 응답하지 않았다.

덤불은 앞으로 들어갈수록 무성했고 땅은 메말라 있었다. 중년의 엽총 운반인은 몹시 땀을 흘리고 있었고, 윌슨은 모자를 깊숙이 눌러쓰고 있어 붉은 목덜미만이 매코머 바로 눈앞에 보였다. 갑자기 엽총 운반인이 윌슨에게 스와힐리어로 뭐라고 중얼거리더니 앞으로 달려 나갔다.

"놈이 저기 뻗어 있군요. 멋지게 해치웠습니다." 윌슨이 말했다. 그러고 나서 뒤돌아 매코머의 손을 잡았다. 서로 히죽 웃으며 악수를 나누고 있을 때 엽총 운반인이 비명을 지르며 덤불 속에서 게처럼 옆 걸음으로 튀어나오는 것이 보였다. 그의 뒤에는 물소가 코를 번쩍 처들고 입을 꽉 다물고 피를 질질 흘리면서 큼직한 머리통을 앞으로 내민 채 핏발이 잔뜩 선 조그마한 돼지 눈깔 같은 눈으로 그들을 노려보며 돌진해 오고 있었다. 앞에 서 있던 윌슨이 무릎을 꿇으면서 쏘았고, 매코머도 쏘았지만 그의 총성은 윌슨이 쏜 총성 때문에 들리지 않았다. 다만 큼직한 뿔 끝에서 슬레이트 같은 파편이 퉁기는 것만 보였다. 물소가 머리통을 흔들어 대자 그는 널찍한 콧구멍을 겨누어 또 한 발 쏘았지만 뿔이 다시 흔들리면서 파편이 날렸다. 그때 이미 윌슨의 모습은 보이지 않았다. 조심스럽게 겨누며 그가 다시 한 번 쏘자 물소의 큼직한 몸뚱이가 그에게 덮치다시피 다가왔고, 그의 총은 코를 내밀고 덤벼드는 물소의 머리통과 거의 수평을 이루었다. 사악해 보이는 물소의 작은 두 눈이 보이는가 싶더니 머리통이 아래쪽으로 기울어지기 시작했다. 순간 그는 갑자기 눈을 멀게 하는 백열의 섬광이 머릿속에서 터지는 느낌 외에는 아무것도 느낄 수 없었다.

윌슨은 어깨 위에 총을 놓고 쏘려고 한쪽 옆으로 몸을 숙였다. 매코머는 똑바로 선 채 코를 겨누어 쏘고 있었다. 그러나 겨냥이 조금 높아 총알은 번번이 묵직한 뿔에 맞은 뒤 슬레이트 지붕에 맞은 듯 파편만을 날려 보냈다. 남편이 물소의 뿔에 찔릴 것 같았기 때문에 차 안에 있던 매코머 부인은 6.5밀리미터 만리처 엽총으로 물소를 향해 쏘았고, 탄환은 남편의 두개골 한쪽 밑에서 5센티미터가량 위쪽에 맞고 말았다.

프랜시스 매코머는 물소가 모로 넘어져 있는 곳에서 2미터도 안 되는 곳에 얼굴을 밑으로 하고 땅바닥에 쓰러졌다. 아내는 남편의 시체 옆에 꿇어앉고 윌슨은 그 곁에 서 있었다.

"나 같으면 몸을 뒤집지 않겠습니다." 윌슨이 말했다.

여자는 발작적으로 울고 있었다.

"난 차 있는 데로 돌아가겠습니다. 엽총은 어디 있습니까?" 윌슨이 물었다.

그녀는 얼굴이 일그러진 채 머리를 절레절레 흔들었다. 엽총 운반인이 총을 집어 올렸다.

"그 자리에 그대로 둬." 윌슨이 소리 질렀다. 그러고 나서는 이렇게 명령했다. "어서 가서 압둘라를 불러와. 사건이 어떻게 일어났는지 증인이 되어 줘야 하니까." 그는 무릎을 꿇고 주머니에서 손수건을 꺼내 프랜시스 매코머의 짧게 깎은 머리 위에 펴 놓았다. 피는 바싹 마른 땅속으로 스며들었다.

윌슨은 일어나서 사지를 쭉 뻗고 모로 넘어져 있는 물소를 쳐다보았다. 듬성듬성 털이 난 배때기에는 진드기가 기어 다녔다. "참으로 멋진 물소로군." 그의 머리는 기계적으로 이런 계산을 했다. "1미터 하고도 20센티미터나 그 이상이겠는걸. 그보다 더 될지도 몰라." 그는 운전사를 불러서 시체 위에 담요를 덮고 그 옆에 서 있으라고 명령했다. 그러고 나서 그는 여자가 좌석 한구석에 앉아 울고 있는 자동차로 다가갔다.

"멋지게 해치웠어요. 그 양반도 당신하고 헤어지고 싶었을 테지만." 윌슨이 억양 없는 말투로 말했다.

"그만해요." 그녀가 말했다.

"물론 우발적 사고였죠. 난 그렇게 알고 있습니다." 그가 말했다.

"그만하라고요." 그녀가 말했다.

"걱정할 건 없습니다. 불쾌한 일이야 다소 있겠지만요. 사체를 조사할 때 도움이 되도록 사진을 좀 찍어 둬야겠습니다. 게다가 엽총 운반인들과 운전기사도 증언을 해 줄 거요. 그러니 조금도 걱정할 필요는 없어요." 그가 말했다.

"그만해요." 그녀가 말했다.

"이제부터 해야 할 일이 태산이군요. 호수까지 자동차를 보내 무전을 쳐야 해요. 우리 세 사람을 나이로비에 데려갈 수 있도록 비행기를 부탁해야 하니까요. 왜 독약을 쓰지 않았나요? 영국에서는 그런 방법을 쓰는데." 그가 말했다.

"그만해요! 그만해요! 그만하라니까요!" 여자가 울부짖었다.

윌슨은 무표정한 푸른 눈으로 그녀를 쳐다보았다.

"나도 이제 끝났습니다. 약간 화가 나 있었거든요. 당신 남편이 좋아지던 참이었는데." 윌슨이 말했다.

"아, 제발 그만해요. 제발 그만하라고요." 그녀가 외쳤다.

"그게 낫군요. '제발'이라는 말을 붙이는 편이 훨씬 나아요. 자, 그럼 이제 그만하죠." 윌슨이 말했다.

옮긴이
김욱동

한국외국어대학교 영문과 및 같은 대학원을 졸업하고 미국 미시시피 대학교에서 영문학 석사 학위를, 뉴욕 주립 대학에서 영문학 박사 학위를 받았다. 하버드 대학교, 듀크 대학교 등에서 교환 교수를 역임하고 서강대학교 명예 교수 및 울산과학기술원(UNIST) 초빙 교수로 있다. 1987년 《세계의 문학》에 「언어와 이데올로기─바흐친의 언어 이론」을 발표하며 등단했다. 저술가, 번역가, 평론가로서 『모더니즘과 포스트모더니즘』, 『은유와 환유』, 『번역인가 반역인가』, 『녹색 고전』, 『소로의 속삭임』 등을 쓰고 『위대한 개츠비』, 『앵무새 죽이기』, 『오 헨리 단편선』, 『동물 농장』 등 다양한 작품을 번역했다. '문학 생태학', '녹색 문학' 방법론을 도입해 생태 의식을 일깨웠으며 『한국의 녹색 문화』, 『시인은 숲을 지킨다』, 『생태학적 상상력』, 『문학 생태학을 위하여』, 『적색에서 녹색으로』, 『인디언의 속삭임』 등을 펴냈다.

깨끗하고
밝은 곳

1판 1쇄 펴냄 2016년 11월 25일
1판 10쇄 펴냄 2024년 10월 24일

지은이 어니스트 헤밍웨이
옮긴이 김욱동
발행인 박근섭, 박상준
펴낸곳 (주)민음사

출판등록 1966. 5. 19. 제16─490호
서울특별시 강남구 도산대로1길 62(신사동)
강남출판문화센터 5층 06027
대표전화 02─515─2000 팩시밀리 02─515─2007
www.minumsa.com

ISBN 978 89 374 2907 1 04800
ISBN 978 89 374 2900 2 (세트)

* 잘못 만들어진 책은 구입처에서 교환해 드립니다.